인도 익숙한 처음처럼

인도 익숙한 처음처럼

—

지은이 이형록

펴낸이 김용태 | **펴낸곳** 이룸나무

편집장 김유미 | **편집** 김지현 **마케팅** 출판마케팅센터 | **디자인** PlanB

—

초판 1쇄 인쇄일 2017년 7월 10일

초판 1쇄 발행일 2017년 7월 15일

—

주소 410-828 경기도 고양시 일산동구 산두로 265-17 3층(정발산동)

전화 031-919-2508 **마케팅** 031-943-1656 **팩시밀리** 031-919-2509

E-mail iroomnamu@naver.com

출판 신고 제 2015-000016 (2009년 9월 16일)

가격 17,000원

ISBN 978-89-98790-47-9 03810

이형록 글·사진

인도 익숙한 처음처럼

印度

나를 찾아 떠나는 사색 여행 노트

이룸나무

들어가는 말

한낮의 강렬한 햇빛은 정면으로 바라볼 수 없지만 석양이나 일출 때의 태양은 그렇게 아름답게 보일 수가 없다. 삶이란 정오의 태양처럼 제대로 바라볼 수도 이해할 수도 없는 때가 있고, 서산에 걸려 있는 석양의 노을처럼 아름다운 모습으로 비칠 때도 있는 것이다. 어느 것이 삶의 진정한 모습인지 너무 쉽게 단정 지어서는 안 된다. 삶의 저변에 깔려 있는 제 현상과 그 본질을 명확히 꿰뚫어 볼 수 있는 눈이 없이는 '삶이 이것이다'라고 단정 지을 수 없다. 우리는 어쩌면 삶을 너무나 단순하게 이해하고 있는지도 모른다. 나의 모습 또한 마찬가지이리라. 고뇌와 번뇌의 모습도 있는가 하면, 행복과 아름다움이 깃든 모습도 내비치기도 한다. 아무리 따뜻하고 편한 좋은 곳에 살아도 겨울은 누구에게나, 어디에나 공평히 오듯이, 고통도 아픔도 시린 따뜻함으로 다가온다. 더울 땐 따뜻한 것이 아니라 뜨겁기만 한 가마솥도 겨울이 되어 시릴수록 더욱 따뜻해진다. 그러하기에 인도인의 다양한 삶 속에도 시리지만 따뜻함이 묻어있다. 시린 가슴을 그 누군가가 사랑과 포용으로 보듬고 있다.

내가 인도에 간 이유는 무엇인가?

박사학위를 얻기 위해, 제 분야의 전문적인 지식을 습득하기 위해, 세상에 나아가 남보다 나은 기득권을 얻기 위해 인도에 갔다고 치자. 아니, 한국에서 어쩌다 보니 아무것도 할 수가 없어 도피해서 갔다고 치자. 하지만 단지 그것만을 위하였다면 어쩌며 난 대학 시절 서양철학을 전공한 사람이었기에 유럽을 택했을지도 모른다.

　그러나 그 모든 경우에서도 인도에 간 사람들은 인생이란 대체 무엇인가에 대해 고뇌하고, 좌절하고, 부딪히며 맺힌 그 무엇인가를 풀기 위해 인도행(印度行)을 결심했을 것이다. 그것은 바로 제대로의 인생을 배우고, 이해하고, 그 속에서 존재하는 나의 참모습을 알아차리고 살아가고자 한 것이었음은 분명하다.

　그렇다면, 인도에 간 여러 가지 이유란 바로 삶을 살아가는 양식과 방법 중 하나를 선택한 것이 된다. 그 방법이 좋든 나쁘든 결국 그 방법 속에서 주어진 삶의 태도와 시각을 통해 인생을 배우고 이해하고 살아가게 된다. 그리고 일단 인도를 선택한 이상 선택에 대한 책임을 져야 할 것이고, 후회도 없어야 한다. 그러기 위해서는 늘 절실히 정진해 나가는 것이 나 자신의 선택에 대한 의무였으리라.

　인도에 가기 전 나는 퇴계로 대한극장 앞에서 한 인도 유학생을 만났다. 그 사람의 얼굴을 보는 순간, '어떻게 사람이 저렇게도 여유로운 미소를 띠고 있을 수 있을까?' 하는 느낌만으로 가득 찼다. 여태껏 그렇게 평화롭고 여유로운 미소를 나는 보지 못했다.

　그는 어디서 그런 미소를 배웠을까? 나는 그 자리에서 확신했다. 저런 여유로운 미소를 가질 수만 있다면 내 인생을 걸리라. 그가 인도 유학생이었기에 그런 미소를 얻을 수 있었을 것이며, 그가 어떤 사람이든 간에 그 미소를 갖게 해준 인도로 가리라 결심했다.

1992년 인도에 처음 첫발을 디딜 때는 서양철학을 전공한 나로서는 비교종교학을 하고 싶어서 델리대학교에 입학하였다. 하지만 델리는 대도시어서 그런지 내가 그려왔던 그런 인도의 냄새가 나지 않아 내겐 인도의 적응기로만 세월이 흘렀다. 세월을 그냥 소비만 할 수 없어 인도 전역 배낭여행 길에 올랐다. 사진기 하나 들고 히피들도 꺼린다는 혼자만의 인도 전역 방랑을 하는 것은 내겐 참으로 무모한 여정이었는지도 모른다. 하지만 내 삶에 있어 익숙한 처음처럼 그보다 더 편히 쉬고 고요히 보낸 세월은 다시는 없을 듯하다. 대지의 호흡을 느끼며 인도 어머니의 품에 안긴 영혼의 여정이었다.

그 여정의 마지막 열차 행이 바라나시였고, 새벽 열차가 바라나시 역사에 도착하기 바로 전에 창으로 비친 한 폭의 수채화 같은 강가의 전경은 지울 수 없는 아름다움으로 남아 있다.

나는 바나라스 힌두대학교(B.H.U.)로 바로 전학을 하였고, 비교종교학과를 다니며 석사 과정을 마치려 하는 때에 요가와 명상을 만나, 박사과정을 요가전공으로 정해버리는 결정마저 하게 되었다.

내가 인도에 간 이유는 인도에 대한 환상에서가 아니라, 오로지 소박하고 담백한 여유로운 미소(微笑) 하나 얼굴에 담기 위해서였다. 그런데 8년여 인도 유학생활을 마치고, 철학박사를 받고 한국으로 귀국해 교수 생활을 하고 난 후 지금의 내 얼굴엔 그런 미소를 담고 있는지 반문해 본다. 어쩌면 '큰 바위 얼굴'처럼 인생의 종착점에서나마 얻을지도 모른다. 그러나 절실히 담고자 진솔히 살다 보면 나 자신도 모르게 자연스럽게 얻어지리라 믿는다.

웃는 미소만큼 더 큰 소리는 없다. 침묵 또한 그러하다. 그저 미소 짓자.

침묵하고 미소 지으면 만만하게 보기도 하지만, 그리 보아도 웃는 이에게는 침 못 뱉는다. 나는 세상을 보고 웃고, 세상은 나를 보고 웃는다.

유학시절 인도 전역을 여행하며 인도의 풍경과 그들의 삶의 모습을 사진에 담을 수 있는 귀한 인연을 가진 것은 내겐 더없는 행운이었다. 하지만 본서는 여행서가 아니다. 인도에 머물며 그들의 삶과 풍경들을 가까이 바라보며 느낀 내면적 단상들과 나를 찾아 떠나는 삶의 여정 노트들이다. 그들의 시리지만 따뜻한 삶의 여백에 나는 단지 미흡한 사진과 졸고의 글로나마 몇 획을 그었을 뿐이다.

필자는 전문 사진작가가 아니기에 사진 찍는 기술은 아마추어 수준이지만, 애정 어린 눈으로 정성껏 담았다. 하지만 인도의 여백의 미에 사족을 달아 행여 훼손한 건 아니었는지 그것을 저어한다.

졸고를 흔쾌히 출간해 주신 이룸나무 출판사 사장님께 이 자리를 빌려 감사를 드린다. _()_

2017년 6월 30일
지은이 이형록

인도 방랑의 매력

획일적이고 몰개성적 일상으로부터 무료함과 나태함을 느낄 때, 배낭 하나 달랑 메고 언제든 떠나고 싶을 때, 떠날 수 있다는 것. 무더위의 갈증으로 목이 마를 때 해변에 앉아 킹 피셔 맥주 한 잔 마실 수 있다는 것. 눈 덮인 히말라야에서 혹한으로 추울 때, 따뜻한 짜이 한 잔 함께 할 수 있다는 것. 스트레스와 번뇌에 괴로울 때 잎이 무성한 나무 그늘 아래에 앉아 고요히 명상에 들 수 있다는 것. 사람의 발길이 뜸한 오지에서 외로울 때 가슴에 담아둔 그대를 그리워할 수 있다는 것. 미지의 여행에 지쳤을 때 언젠가는 돌아가 쉴 수 있는 집이 있다는 것. 하지만 그 모든 것보다 더 매력적인 것은 자유로운 영혼으로 매 순간 자기와 대화할 수 있다는 것….

인도 방랑은 느림의 미학이며 부지런한 게으름이다

빠르게 움직여서는 외부 대상을 제대로 볼 수 없고, 느리게 움직여야 자세히 살펴 사색할 수 있다. 인도 방랑은 사색의 창을 여는 게으른 몸짓이다. 바쁜 일상에서 파이팅만 외치며 경직되어 쫓기며 사는 삶 속에 여유를 갖고 나와의 대화의 시간을 가짐으로써, 자신을 천천히 돌아보는 시간이 바로 인도 방랑이다.

삶은 속도가 아니라 방향성이듯, 대지와의 소통과 공유와 즐김이다. 느리고 고요하면 오히려 즐겁고 아름다운 것들을 더 많이 볼 수가 있다. 인도는 서둘지 않는 마음에만 다가와 친구가 된다. 해도, 바람도 머물다 간다.

느릿느릿 걸으면서 머릿속에 둥지를 트는 번민과 고뇌를 내던질 수 있다.

인도 방랑은 바라봄의 철학이다

때때로 멈추어 바라보는 것 또한 나 자신과 외부 대상과 대화의 선물이 된다. 멈추어서 바라보면 아름답지 않은 것은 하나도 없다. 내 마음이 아름다우면 아름답게 보이지 않는 것이 없다. 몸이 자연을 느끼니 마음과 영혼 또한 자연스러움으로 채색이 된다.

인도 방랑은 놓음과 비움의 실천이다

걷는다는 것은 항상 나 자신의 말과 행동과 생각을 알아차리는 위빳사나(Vipassana) 수행의 실천이기도 하다. 길을 걸으며 발걸음을 관찰한다. 걷다가 지치면 잠시 쉬어 호숫가 바위에 앉아 좌선에 들면 된다. 무심히 잔물결의 흐름을 응시하며 자연스럽게 들어오고 나가는 호흡을 관찰한다. 들이쉰 숨 뱉지 않으면 죽음이듯이 놓지 않으려니 편치 못하다.

사과나무가 스스로 맺은 열매를 놓지 않으면 그것은 집착이 된다. 놓지 않으면 썩어버린다. 놓아야만 새로운 열매를 맺을 수 있다. 놓음과 비움은 새롭고 완전한 채움을 위한 자기완성이다.

인도 방랑은 바로 지금 여기에서 이 순간 머무는 일이다

천당과 지옥은 죽은 후에 찾아가는 곳이 아니다. 천당과 지옥, 신(神)은 세상 속에 살아가는 지금 여기에 존재하는 내 마음속에 있다. 내 마음이 행복하면 그곳이 천당이고, 고통스럽다 생각하면 그 마음이 지옥이다.

걷고 있는 발걸음이 중요한 것이 아니라, 어떤 마음으로 거닐고 있는가가 중요하다. 자연과 하나가 되어 삶의 여유를, 순간을 즐기는 것이다.

인도 방랑은 파이팅의 삶을 이완과 휴식으로 이끈다

우리는 용기를 내라고 파이팅을 외친다. 우리는 언제나 삶을 그렇게 치열하게 파이팅만 하며 살아왔다. 하지만 파이팅은 경직과 긴장을 줄 뿐이다. 파이팅보다는 주위도 돌아보며 더불어 함께함, 어울림, 느림, 멈춤, 비움으로 휴(休)하는 것이 필요하다.

느리게 걷는 것은 휴식을 통한 치유와 이완과 명상이 된다. 물고기는 깊은 물을 만나도 두려워하지 않는다. 인간 또한 자연의 일부이기에 자연 속에서는 두려워할 일이 없다. 인도 방랑은 두려움을 없애는 거닒이며 마음의 평화와 안식을 찾는 길이다.

인도 방랑은 인생을 음미하는 여정이다

음미하지 않는 삶은 살 가치가 없듯이 시(詩)를 천천히 음미하는 것처럼 인생을 수놓는 몸짓이다. 음미는 진정한 여행의 시작이며 말없이 마음과 마음으로 뜻을 전하는 심심상인(心心相印)이다.

인도 방랑은 자기성찰(自己省察)과 자아실현(自我實現)의 몸짓이다

늘 바쁜 현대 생활에서는 혼자만의 시간을 가지는 여유가 없다. 홀로 다니는 인도 방랑은 그런 자신과 만날 수 있는 대화의 시간을 제공한다. 내가 살아 움직이고 있다는 존재성의 확인이며, 나 자신과 주변을 사랑하려는 몸짓이기도 하다. 주변에 관심을 둔다는 것은 보지 못했던, 그리고 보이지 않던 것을 보는 일이다. 그러면서 나를 다시 돌아보게 되는 눈을 키우는 일이며, 나 자신에게 관심을 두게 되는 일기도 하다.

자연은 대가를 바라지 않는다. 그래서 무임승차할 수 있는 야외수업이 된다. 인도 방랑길 위에서 사랑하려는 몸짓 하나만 짊어지고 홀로 걷고 있으면 된다.

신들의 정원인 인도에서의 방랑!

그 아름다운 동행에서 오가며 서로 비켜 가지만, 가는 방향이 달라도 서로 관여치 않는다. 함께하는 이가 곁에 있기 때문이다. 그렇게 제 길을 묵묵히 걸어가는 이들은 아름답다.

인도 방랑을 통해 많은 이들이 지금 이 순간에 머무는 기쁨을 찾기를 간절히 바란다.

사진에 담는다는 것

때 묻지 않은 자연과 사람들의 일상의 모습을 카메라에 담는 것은 내 마음을 정화하기 위해서이며, 다른 이들의 마음에도 전해주고 싶은 작은 바람이기도 하다. 많은 말보다 한 컷의 사진이 더 큰 감동을 전해 주어 아픔을 치유하기도 한다. 렌즈를 통해 외부 사물을 보면 눈으로는 볼 수 없었던 부분을 보게 된다.

두 눈을 통해 세상을 바라보는 일만큼이나 하나의 렌즈를 통해 세상을 바라보는 일, 그것도 쉬운 일은 아니다. 렌즈를 통해 바라보는 세상은 좀 더 세밀하고 클로즈업 된 세상이기에 진솔한 마음을 가지고 자연을 대하고 지속적인 관심을 보이면, 자연은 자신의 깊은 속내를 보여주게 된다. 어떤 마음으로 다가가느냐에 따라 다른 모습으로 다가온다. 나는 조용히 진솔한 마음으로 기다리기만 하면 되는 것이다.

사진은 정지된 시간의 포착이 아니라, 매 순간 연결되어 흐르는 찰나(刹那)의 시간을 담아내는 시도이기도 하다. 우리의 마음 또한 찰나의 순간에 머물 뿐임에도, 영원한 것인 양 잡고서 놓으려 하지 않는다. 잡는다고 잡히지도 않으며, 놓는다고 놓이는 것도 아닌데 말이다.

렌즈(Lens)의 눈은 사람의 눈과는 달리 있는 그대로 담아온다. 혹자는 그래서 두렵다고 한다. 두려우면 눈을 감게 된다. 두려우면 갇혀버린다. 두려우면 놓쳐버린다. 두려우면 잃어버린다. 두려우면 떨게 된다. 떨게 되면 아름답고 감동 어린 정교한 사진을 있는 그대로 담아 찍을 수가 없다. 있는 그대로 여여(如如)히 존재하는 그대는 전혀 두려워할 이유가 없다.

"사진은 빛의 예술이며, 순간 포착의 미학이며, 눈으로 찰나의 시간을 담지만, 가슴엔 영원의 감동을 남긴다.", "사진은 실존적으로 다시는 되풀이될 수 없는 것을 기계적으로 재생시킨다." – Roland Barthes

인도에 대하여

    남한의 33배, 남북한의 17배가 되는 면적을 가진 인도. 델리와 뭄바이, 첸나이, 꼴까따 등의 대도시를 포함하여 29개 주와 7개 연방 직할지로 구분되어 있다. 인구는 약 12억 6,000만 명(2017년 기준)이 넘는다.

    종교는 힌두교 80%, 이슬람교 14%, 기독교 2%, 시크교 2%, 불교 1%, 기타 1%의 비율로 믿는다. 통화는 루삐(Rs)를 쓰고, 언어는 각 주마다 언어가 다르지만 힌디어와 영어가 통용된다. 한국과의 시차는 3시간 30분 느리다. 여행의 적기는 몬순 우기가 끝난 10월~3월 사이가 최적기이다.

    음악과 영화는 할리우드와 견적할만해서 볼리우드라는 명칭이 나올 정도이다. 위대한 자연은 지친 눈과 마음을 휴식게 하고, 음식은 세계적으로 유명하기에 미식여행을 할 만하고, 다양한 종교의 수많은 신전이 즐비하고, 영혼의 고향이기에 수행과 영성을 찾아 나서기에는 안성맞춤이다. 또한, 세상

에 없는 것을 찾을 수 없다는 바자르(시장)에서의 쇼핑의 즐거움은 여행의 맛을 더한다.

숙소는 호텔, 게스트 하우스, 로지(lodge), 민박 등이 있지만, 배낭여행객에게는 게스트 하우스와 로지가 적당하다. 싸고 예약이 없이도 자유롭게 선택할 수 있다. 로지의 도미토리인 경우 하루 투숙하는데 150Rs(3,000원) 정도 하는 곳도 있지만, 하루에 약 1,000~2,000Rs(약 2~4만 원) 정도 하는 게스트 하우스가 잠을 자기에 무난하다.

인도 내에서 이동수단은 국내선 비행기, 배, 기차, 버스, 택시, 오토 릭샤, 사이클 릭샤, 코끼리, 낙타, 말, 당나귀, 우마차 등이 있다. 배낭여행객은 주로 버스, 기차, 오토 릭샤를 이용하게 된다. 도착해서 바가지요금을 물지 않도록 출발 전 미리 가격흥정을 필수로 할 필요가 있다. 에어컨 유무에 따라 가격이 몇 배 이상 차이가 난다.

국제운전면허증을 발급해서 가면 오토바이를 대여할 수 있어, 한 지역에 오래 머물 경우 편리하다.

인도의 먹거리

　인도 여행을 떠나는 사람들은 향신료에 대한 걱정이 많다. 자극적인 향신료와 커리에 거부감을 갖지 말고 적극적으로 맛을 보자. 입맛에 맞지 않는다면 인도의 거리에 과일 천국이 기다리고 있다. 현재 인도의 유명한 관광지엔 한국식당도 많아졌고, 다국적 기업의 패스트 푸드도 즐비하다.

　인도 음식은 세계의 맛있는 음식 중 가장 유명한 음식으로 꼽힌다. 또한, 일반적으로 가난하다고 여기는 인도지만, 식량을 외국으로부터 도움 받지 않고 자급자족할 수 있는 몇 안 되는 나라이다. 가장 깨끗한 숟가락은 자기 손가락으로 여기는 인도인의 음식문화는 종교적인 이유도 있겠지만 결국 카스트 제도에도 그 영향이 있다. 가장 정화되고 깨끗하다고 여기는 브라만 계급이 호텔이나 식당의 주방장을 하는 것이 그러한 연유이다.

　일단 식당에 들어가 메뉴판을 자세히 들여다보고 여러 음식을 다양하게 시켜보자. 다양한 간식거리와 길거리 음식에 도전하면 금상첨화일 것이고 결코 실망하지 않을 것이다. 배낭여행객에겐 1일 식사비 700~1,000Rs(14,000~20,000원)이면 충분히 해결되고도 남는다. 무엇을 먹고 얼마나 먹느냐에 따라 다르겠지만. 일단 음식을 선택하기가 어렵다면 탈리(Thali, 접시라는 의미)를 시켜 보자.

쌀 안남미(安南米) 같은 쌀알이 길고 얇으며 향이 있는 바스마띠 쌀이 최고 품종인데 필라우, 비리야니 등이 대표적 쌀밥이다. 아삼 주의 찹쌀과 께랄라 주의 적색미도 생산된다. 심황(강황), 타마린드, 사프란, 후추, 고수, 카르다몸 등의 향신료를 재료로 첨가하는 커리와 마살라를 주식인 쌀밥과 짜빠띠에 곁들여 먹는다. 쌀밥이 주식인 남인도와는 달리 북인도는 밀이 주식이다. 밀로 만든 빵을 총칭해서 로띠라 하는데 짜빠띠는 통밀로 철판에 굽는 것이고, 난(naan)은 흰 밀가루를 화덕(딴두르)에 굽는다. 뿌리는 밀가루 반죽을 가름에 튀겨 부풀린 빵이다.

향신료 후추는 께랄라 주 말라바르 연안에서 생산되는 것이 세계 최고의 품질을 자랑한다. 누런색의 심황은 인도 카레의 주원료이고, 특이한 향의 고수는 음식의 비린내를 잡아주고, 요리의 맛과 향을 더해 준다. 신맛을 내는 타마린드는 인도의 대추라 불린다. 카르다몸은 짜이를 끓일 때 넣는 필수품이다. 사프란은 까슈미르 지방의 크로커스 꽃의 암술을 말린 것으로 너무 가벼워 손이 많이 간다.

달(Dhal) 노란색 콩, 붉은색 콩, 녹두 등을 커리에 넣어 만든 콩 요리이다. 곁들여 먹는 피클 음식인 아짜르(망고 또는 야채 혼합)도 시도해 보자. 특히 망고 피클은 느끼한 음식 맛을 깔끔하게 해준다.

육류 닭고기, 양고기, 염소고기를 주로 먹는다. 소고기는 힌두교도가 금기시하고, 돼지고기는 무슬림이 금기시한다. 특히 딴두리 고기 요리는 화덕(딴두르)에 구워먹는 것이라 기름기가 없어 담백해서 먹을 만하다.

해산물과 어류 인도양과 아라비아해를 끼고 있어 해산물과 어류는 다양하지만 께랄라 주와 고아에서 왕새우와 랍스터(lobster)를 싸게 맛볼 수 있다.

과일과 야채 길거리에도 시장에도 발길 닿는 곳마다 과일이 즐비하다. 싸고 맛있는 과일과 채소의 천국이다. 특히 채식주의자들에게 안성맞춤이며, 바나나는 배낭여행객의 피로를 풀어주는 간식이 되기도 한다. 열대과일인 파파야, 망고, 파인애플, 구와바, 석류, 모삼비 등을 맛보자.

음료 유제품인 라씨, 생과일 쥬스, 야자, 라임 티, 짜이(차), 남인도산 커피 등을 마시는 것이 좋다. 알코올 음료로는 증류주인 아라끄, 마후아라, 락시, 페니, 딸라 나무에서 고로쇠처럼 채취하는 창, 킹피셔 맥주, 인도산 와인 등이 있다. 특히 고아에서는 킹피셔 맥주를 타 지역보다 싸게 마실 수 있다. 금주일과 금주 되는 지역이 있으니 특별히 주의해야 한다. 길거리 간식으로 과자와 주전부리도 다양한데 코코넛으로 만든 굿데이(Good Day)와 50-50 크래커가 먹을 만하다.

"그대 자신의 진정한 자아를 탐구하라.

다른 누구에게도 의지하지 말고

오직 홀로 스스로의 힘으로 하라.

그대만의 고유한 여정에 다른 이가 간섭하지 못하게 하라.

이 길은 그대만의 길이요,

그대 혼자 가야 할 고유한 길임을 알라.

비록 다른 이들과 함께 걸을 수는 있으나

다른 이 그 어느 누구도 그대의 고유한 선택의 길을

대신 가줄 수 없음을 알라."

– 인디언 도덕경

본문의 지명이나 인명 등은 인도식 발음에 따라 표기하였습니다.

1부
북인도

여행! 하늘과 바다는 비록 먹물처
럼 검다 해도 네가 아는 우리 마음
은 빛으로 가득 차 있다.'지옥'이든
'천국'이든 아무려면 어떠랴. 미지의
깊숙한 곳에서 새로운 것을 찾을 수
있다면!
− 샤를 피에르 보들레르(Charles Pierre
Baudelaire)

델리^{Delhi} 찰나의 명상

인도의 관문, 역사의 중심 도시

델리(Delhi)는 인도의 관문, 정치의 중심지이다. 인도의 대서사시 〈마하바라따 Mahabharata〉에 등장하는 역사적인 중심 도시인 델리는 과거 한때 무슬림의 수도였던 올드 델리와 오늘날의 수도인 현대화된 뉴델리의 두 세계가 만나는 도시이다.

여행자라면 반드시 스쳐 지나가야 하는 곳이다. 폐허 속의 유적과 흔적들, 국립박물관, 무슬림 모스크, 힌두 사원 등의 문화가 즐비하다. 빠하르 간즈의 메인 바자르와 짠드니 쪼끄, 코노트 플레이스의 잔빠뜨 거리에는 세상 물건 중에 구할 수 없는 것이 없다할 정도로 상점들이 빼곡히 들어서 있다. 델리는 17~19세기 동안 이슬람의 지배하에 있었지만 힌두교인이 82%, 무슬림이 12%이다. 하지만 힌두의 유적보다는 이슬람 유적이 일반적인 올드 델리에서 레드 포트와 함께 반드시 둘러보아야 할 곳인 인도에서 가장 큰 이슬람 모스끄인 자마 마스짓은 25,000명이 함께 기도할 수 있는 곳이다. 1664~1658년 동안 샤 자한 황제가 세운 건축물이다. 40m 높이의 남쪽 첨탑에 올라 올드 델리 전체를 한눈에 내려다볼 수 있다. 사방으로 펼쳐지는 힌두스탄 평원의 지평선이 장관이다. 첨탑이 신과의 교감을 이루려는 바람이라면 바벨탑처럼 세웠을 것이다. 하지만 대칭미를 위한 이슬람 양식일 뿐이다.

백색 대리석의 돔과는 달리 바닥의 적사암은 한낮이면 달아올라 덧신을 신어야만 할 정도이다. 비둘기들이 백색 대리석 돔에만 앉아 있는 이유이다. 입구의 짠드니 쪼끄 바자르에서는 소매치기를 조심해야 한다.

델리는 인도의 다른 지역으로 여행하기 위한 교통의 요충지로만 잠시 스쳐 가지만, 제대로 보려면 최소 일주일은 머물러야 할 곳이다. 수도답게 한국식당도 몇 곳 있다.

올드 델리의 레드 포트, 자마 마스지드, 야무나 강변의 간디의 무덤인 라즈 가뜨, 뉴델리의 후마윤의 묘, 뿌라나 낄라, 국립박물관, 바하이 예배당, 락슈미 나라얀 사원(비를라 만디르) 그리고 델리 교외의 꾸뜨브 미나르 등이 가볼 만한 곳이다.

델리 공항 - 붓다의 수인

Open Hand!
깨달음을 상징적으로 나타내는 붓다의 수인(手印)이
인도 입국의 관문인 델리 공항에 조형물로 설치되어 있다.
여행객을 맞으며 깨달음을 얻으란다.

나는 무엇을 얻으려 인도에 왔는가?
얻으려 하는 것 자체가 나의 아집(我執)과 아상(我相)일지도
모른다.

짠드니 쪼끄

인도는 물 인심이 후하다.

그런데 손바닥으로 눈을 가렸다.
어느 누구도 차별 말고 물을 양껏 따르란다.

랄 낄라(레드 포트)

구름은 날개가 없어도 하늘을 난다. 바람은 부채가 없어도 시원함을 일으킨다. 달과 별은 전기가 없어도 밝게 빛난다.

반딧불이의 초록 불빛은 폭풍이 불어도 꺼지지 않는다. 빛이 자기 내면에 있기 때문이다. 그렇게 스스로 모든 것을 행하지만, 거만하게 자랑하지 않으며 우주의 순리를 거스른 적이 없다.

외부적 쾌락이 아니라 내면의 희열로 가득 찬 이는 어떤 세파에도 그 희열의 빛이 어두워지거나 꺼지지 않는다.

랄 낄라(레드 포트)

하나의 돌판을 깎아 만든 돌 창살 속에서 한 여인이 청소를 하고 있다. 서로
에게 장벽을 쌓지만, 벽도 구멍을 뚫어 아름답게 만들면 그 너머를 바라볼
수도 있고 소통도 할 수 있다. 벽을 허물려고만 하지 말고 아름다운 구멍을
먼저 뚫자. 비록 함께하지는 못할지라도 대화와 소통만은 가능해진다. 그때
는 넘어야 할 장벽이 아니라 아름다운 장벽이 된다.

절망의 벽, 넘을 수 없는 벽, 어쩔 수 없는 벽이 아니다. 담쟁이에게는 기대
어 잡고서 앞으로, 위로 나아갈 수 있는 발판이 된다. 결국엔 그 벽마저 서두
르지 않고 천천히 넘는다. 깊게 쌓인 마음의 벽도 서두르지 않고 인내를 가
지면 넘을 수 있다. '너'와 '나'의 사이에 놓인 그 벽을 넘어, 내가 너에게 넘
어가든지, 네가 내게로 넘어오면, 그 벽은 사라지고 '우리'가 된다.

잔빠트 티베트 거리

'눈(眼)'은 눈인 그 자신을 절대 보지 못한다.

거울에 비친 눈도 그 자신의 진정한 실체가 아니다.

단지 눈이라는 '실체'의 거울에 비친 '현상'일 뿐이다.

그렇다면 '눈'은 존재하지 않는 것인가?

'눈'이 '눈' 자체를 보지는 못한다고 해서 존재하지 않는 것은 아니다.

그래도 '눈'이 내 몸에 있다는 건 느낀다.

'참나(Ātman)'도 눈과 같다.

'참나'가 보이지 않는다고 해서 존재하지 않는 건 아니다.

그저 직관의 형식으로 알아차릴 수밖에 없다.

눈이 자기 눈을 못 보듯, 내 모습임에도 내 뒷모습을

스스로는 영원히 못 본다는 것이 삶의 아이러니인가.

나는 무엇을 담으려 하는가.
나는 어디에다가 담으려 하는가.
나는 무엇을 통해 담으려 하는가.
담는다고 담아지기나 하는 걸까.
누굴 찍으려다 누구에게 찍히고 만다.

각인하는 것과 각인되는 것과 각인된 것들은 공존하는 것일까.

나는 진정 무엇을 바라보고 있는 것일까.
그저 순간의 호흡을 멈추고, 나는 나를 보기 위해 눈을 감는다.

인도 방랑 2

라자스탄 Rajasthan 찰나의 명상

왕의 영토. 색(色)의 향연

인도 북서부 파키스탄과 국경에 접하는 주로서 웅장한 요새와 화려한 궁전이 있던 곳이다. 왕의 영토라는 이름에 걸맞은 주다. 라자스탄은 '라지뿌뜨인의 나라'라는 뜻이다. 인도에서 가장 용맹한 라즈뿌뜨의 전사들은 무굴제국과도 마지막으로 대항할 만큼 명예로웠다. 비록 폐허로 남은 유적도 많지만, 아직도 아름다운 자취가 스며있는 곳으로 여행객의 발길이 이어지는 곳이다. 사막과 정글이 펼쳐지고, 보석과 대리석이 넘친다. 신비로움과 함께 수많은 축제를 즐길 만하다. 아부 산이 있는 남동부 구릉 지대와 건조한 북서부 타르 사막 지역으로 나뉜다. 주도는 자이푸르이고 주요 도시로는 조드푸르, 아지메르. 뿌슈까르, 자이살메르, 우다이뿌르, 아부 산(Mt. Abu) 등이 있다.

자이뿌르(Jaipur) 라자스탄 주의 주도이며 사막 사파리를 떠나기 위해서는 반드시 거쳐 가야 하는 관문이다. 델리, 아그라와 함께 인도 여행의 골든 트라이앵글(Golden Triangle)로 불린다. 17세기 마하라자 자이 싱 2세가 계획한 도시로 그의 후손인 마하라자 람 싱이 1876년 영국 황태자 에드워드 7세의 방문을 환대하기 위해 도시를 분홍색으로 칠해 핑크 시티라는 별칭을 갖고 있다. 구시가지의 바자르, 하와 마할. 시티 팰리스, 잔따르 만따르, 길따의 사원단지와 목욕 터, 수리야 만디르, 자이뿌르 교외의 암베르 포트, 자이가르, 아바네리 등이 가볼 만한 곳이다.

아즈메르(Ajmer) 라자스탄 주에서 영국의 직접 통치를 받았던 몇 안 되는 곳이고, 명문대학인 마요 대학(Mayo College)을 세운 곳이다. 하지만 무슬림 성지순례지로 수피교 성인의 무덤인 다르가, 아르하이 딘 까 존쁘라 모스크, 아끄바르 궁전, 나시얀 자이나교 사원. 거대한 호수인 아나 사가르 등이 가볼 만한 곳이다.

뿌슈까르(Pushkar) 브라흐마 신을 모시는 성지인 뿌슈까르는 자이살메르까지 10~12박 이상의 낙타 사파리의 출발점이며, 음력 8월에 낙타 수만 마리가 거래되는 낙타 축제가 열리는 곳이다. 브라흐마 사원, 사비뜨리 사원, 가뜨 등이 가볼 만한 곳이다.

우다이뿌르(Udaipur) 호수가 있는 낭만의 도시이다. 삐쫄라 호수, 시티 팰리스, 007 영화 〈옥토퍼시〉 촬영지인 레이크 펠리스 등이 가볼 만한 곳이다.

아부 산(Mt. Abu) 라자스탄의 평원과 사막 위에 우뚝 솟은 아부 산은 많은 왕이 피서지로 여름 궁전을 지은 곳이다. 딸라와 자이나교 사원들과 세계 70여 개국에 지부를 갖고 있는 브라흐마 꾸마리 영성대학교, 낙끼 호수와 선셋 포인트 등이 가볼 만한 곳이다.

조드뿌르(Jodhpur) 언덕에 우뚝 솟은 메흐랑가르 요새와 브라흐만 계급을 상징하는 푸른색으로 도색된 마을이 인상적이다. 메흐랑가르, 우마이드 바완 궁전 등이 가볼 만한 곳이다.

자이살메르(Jaisalmer) 타르 사막 낙타 사파리의 시작점이며, 평원 위에 세워진 거대한 황금빛 모래성이 신기루처럼 보이는 곳이다. 아직도 성 안에는 마을들이 현존하는 곳이며, 좁고 구불구불한 구시가지의 골목들에는 사암으로 빚어진 아름다운 하벨리가 자태를 뽐내고 있다. 사막은 오아시스가 있어 아름다운 것이 아니라, 마을과 사람이 있어 아름다운 것이다. 밤하늘에 너무도 가까이 쏟아지는 무수한 별빛을 볼 수 있는 낭만적인 경험을 하게 되는 타르 사막 낙타 사파리, 자이살메르 요새 내부의 99개의 보루, 마하라자 궁전, 자이나교 사원, 요새 아래로 구시가지의 좁은 골목 사이에 펼쳐진 삐뜨와 끼 하벨리, 자이살메르 근교의 로드루바 폐허에 있는 자이나교 사원, 쌈 마을 근처의 모래 언덕(Sam sand dunes), 사막 마을 쿠리(Khuri) 등이 가볼 만한 곳이다.

암베르 포트 & 바람 궁전

사막도시가 오히려 더욱 화려하고 견고하다.
바람이 잘 들도록 건축술은 더욱 정교하게 발전되어 있다.
환경이 문화를 만든다.
사람의 적응력은 가히 카멜레온을 능가함이다.

카멜레온은 상황에 따라 환경에 따라 그 색을 달리한다.
그러나 우리는 그가 거기 있음을 안다.

그와 같이 우리는 여기 이렇게 있다.
어떤 모습으로 드러나든 스스로의 본모습은 존재하고 있다.

컴퓨터가 인간의 지각(知覺) 능력을 본떠서 만든 프로그램으로 도형, 문자, 음성 따위를 식별하는 것을 패턴인식 또는 형태인식(形態認識)이라 한다.

우리 인간들 또한 그러한 패턴인식에 젖어있기도 하다.

하지만 일정한 형태나 양식 또는 유형인 '틀(Pattern)'도 본보기로서의 유용함과 아름다움을 갖고 있으며, 형식이 내용을 지배하기도 한다.

일률적으로 연속되는 패턴(Pattern) 도 모이면 다양성이 되듯이, 정형화 된 틀에 박힌 사고(思考)처럼 보이지

시티 팰리스

만, 범주를 달리하여 바라보면 다양한 개개인의 고유 사유가 된다.

모양과 모습이 같아 보일지라도 누구나 타고난 각자의 색(色)을 띠고 있듯이, 사람은 각자의 사명과 견뎌낼 수 있는 능력을 내면에 가지고 있다.

제자리에서 제 역할을 다할 뿐이다. 패턴의 미학은 함께하는 것이다.

직선과 곡선의 조화, 그 패턴의 총체는 아름다운 군상(群像)을 이룬다. 획일적이고 단순한 일상(日常)도 아름다울 수 있다.

그 아름다움 뒤엔 가난한 장인의 정성 어린 손길도 함께 묻어 있다.

패턴(정형화)의 길이 나를 그대로 따라 걷게 한다.

때론 패턴의 파괴도 필요하다. 하지만 '틀'을 깨는 것도 좋지만, '틀'을 아름답게 만드는 것도 중요하다.

암베르 포트

큰 코끼리가 힘이 없어서
작은 인간의 회초리에 저리 혹사당하는가?
기개가 없어 길들여진다는 것은 참으로 서글픈 일이다.

왜소한 인간이 몸집이 큰 코끼리를 조정할 수 있음은 코끼리의 귀가 가장 약
하다는 약점을 알고 있기 때문이다. 몸집의 크기가 중요한 것은 아니다.
그 사람의 기개와 마음의 크기가 더 중요하다.

"큰 코끼리도 회초리로 길들일 수 있으니 이때, 회초리가 코끼리보다 커서 그런가?
등잔에 불을 켜면 어둠이 사라지나니. 그럼, 등잔이 어둠보다 커서 그러한가? 벼락
이 치면 큰 산도 울리는데 그렇다면 벼락이 산보다 커서 그럴까? 이와 같이 기개와
의지와 투지가 있는 자가 강한 자이니 크기가 무슨 소용 있으리?"
– Panca Tantra

암베르 포트

라자스탄의 군상(群像)은 원색으로 붉었건만,
붉은 마음 한 조각 없는 내 가슴엔
공허한 블랙홀만이 검게 물들어 있다.

박힌 돌이 담벼락을 견고하게 하듯,
내 마음에 박힌 깊은 상처도 나를 지탱케 한다.

"상처는 빛이 당신에게로 들어오는 곳." – Rumi

아부 산(Mt. Abu) & 우다이뿌르 삐꼴라 호수

초승달이 외로울까 싶어 언제나 그 곁을 떠나지 못해
주변을 서성이는 사랑별.
모래알처럼 많은 별 중에서도 유독 달 바라기 하는 사랑별은
달이 나날이 변덕스럽지만 언제나 첫 마음으로 빛을 발한다.
하지만 결코 곁에 다가서지 않고 거리를 두고 그저 함께 머물 뿐이다.
그 가깝고도 먼 거리가 사랑별의 바라봄이다.
가까이하기엔 너무 먼 당신일지라도 사랑별에겐 달이 기울든 차든
언제나 둥근 달로 보인다.

진리를 안다는 것은 사랑별처럼 있는 그대로 온전히 바라보기만 하면 된다.
있는 그대로를 있는 그대로 바라보는 자를 깨우친 자라 하고
자기가 바라보는 대로 왜곡해서 바라보는 자를 무지한 자라 한다.

실체가 아닌 현상이 불완전하다고 자각하는 것 자체가
완전함을 알기에 인식되는 것이다.
진정 안다는 것은 이미 그러하다는 것이다.
둥근 달이 기울든 차든 언제나 달인 것처럼.

어쩌면 우리는 이미 그러하게 완전한데도 불구하고,
불완전하다고 여기는 이상에 빠져 있는지 모른다.
완전과 불완전은 그저 다른 모습의 상태일 뿐이지 옳거나 그른 것이 아니다.
그 나름대로 아름다운 것이다.
그러한 이원성으로부터의 자유가 일원성으로의 회귀이다.

미완의 아름다움도 있다.
부족하다 여기고 채워가는 기쁨 또한 부족함이 있기에 더 가치가 있듯이,

뿌슈까르 & 아즈메르 아나 사가르

지그시 바라본다는 것. 만물의 사랑의 소통방식이다. 마주 보는 것보다 같은 곳을 바라본다는 것! 그 누구를 그렇게 바라본 적이 얼마나 되었던가.

"Time does not pass, it continues" - Marty Rubin

시간은 지나가는 것이 아니라 계속 이어지고 있다. 다가올 미래에 서 있을 나는 언제나 현재에 서 있을 것이다. 현재도 과거의 미래였다. 매 순간의 지금이 이어진 끝에 미래가 있음에 지금 이 순간에 제대로 머물자. 그것이 미래를 기다리는 최선이다.

삶은 어느 순간도 영원하지 않다. 하지만 지금 이 순간도 영원처럼 살고자 함이 인간이라 했던가. 시작도 끝도 없는 길 위에 서서, 온 삶의 무게를 가녀린 지팡이에라도 기대며 한 걸음씩 걸어가야만 한다. 그 한 발걸음이 하루가 되고, 일 년이 되고, 평생이 된다.

조드뿌르 메흐랑가르 요새

담장은 그저 울타리의 경계만은 아니다. 담장에는 뼈와 살이 있다. 그러하기에 우리를 보호하는 것이다. 담장에는 따스함의 손길이 서려 있다. 그러하기에 우리는 담장에 기댈 수 있고, 그 안에서 안주하며 둥지를 튼다.

담장에는 정감이 어려 있다. 어릴 적 따끈하게 덥혀진 담장에 등을 기대고 즐거워했던 기억은 담장의 운치이다. 세월의 양지가 서린다. 황톳빛 그리움이 묻어 있다. 담장은 현재와 미래의 가교이다. 미래의 꿈이 여기에서 시작된다.

담장은 나를 돌아보게 하는 거울이 된다. 내 마음의 담장이 높을수록 남을 받아들이기가 어렵다. 높고 강한 사람보다는 낮고 부드러운 사람에게 기대고 싶다.

담장은 기다림이다. 가슴 시린 애환과 그리움의 눈물이 배어 회색빛으로 변해간다. 담장은 언제나 그 자리에 그렇게 서서, 아무런 불평 한마디 없다.

조드뿌르 메흐랑가르 요새

담장이 말없이 하는 말을 들을 귀가 내게는 없었다.

담장과 벽이란 허물어야 할 대상이 아니라 담쟁이넝쿨에겐 타고 넘어갈 수 있는 또는 안주할 지지대가 되어준다. 벽은 단순히 서로를 가로막는 넘지 못할 장벽만은 아니다. 기대어 쉴 수도 있고, 바람을 막아 주기도 한다. 기댈 수 있고 지지대가 되기에 더욱 아름다운 것이다. 사람과 사람 사이의 서로에게 쌓인 장벽도 그렇다. 넘지 못할 장벽이란 없다.

내겐 그리운 임을 설렘으로 기다릴 수 있는 특별한 장소이기도 하다. 누군가에게 기대어 무료히 가만히 앉아 있어 본 적이 얼마나 되었던가.

"바람은 언제나 등 뒤에서 불고,
당신의 얼굴에는 항상 따사로운 햇살이 비추길."
– 아일랜드 켈트족의 기도문

조드뿌르 메흐랑가르 요새 & 시장골목

오랫동안 방치하고 사용하지 않아
빛을 내지 못한다는 것,
닳지 않고 녹슨다는 것,

그 얼마나 무료한 일인가?

작금의 나 자신이 그런 존재로
산패(酸敗)되어 가고 있는 것은 아닌지.

어디로 갈까나.
갈 곳을 잃은 나그네는 고독히 서 있다.
지평선은 서 있는 자의 연장선일 뿐이다.

꿈길을 걸어가도 만약 발자국이 남는다면
그대 문 앞 돌길이 반쯤 모래가 되었을 거라던
이옥봉 시인의 '혼몽(夢魂)'이라는 시(詩)를 읊조려본다.

만남과 이별이란 한순간 스쳐 가는 찰나의 교차점이다.
연연해 하거나 잡으려 할 필요가 없다.
잠시 눈웃음과 입가에 가녀린 미소 담고 스쳐 지나면 될 일이다.

물결 따라오고 가는 대로 배가 흘러가듯
오는 이 막지도 말고, 가는 이 잡지도 말고,

그저 흐르는 세월 따라 흘러만 가라.

타르(Thar) 사막

타르(Thar) 사막

사막에 가면 낙타를 만날 수 있다.

세상을 보고 웃는 낙타처럼 모두 어린 왕자가 된다.

어린 왕자는 사막이 아름다운 건 어딘가 우물이 있기 때문이라 했다.

우리네 인생에 감로가 담긴 오아시스는 어디에 있을까?

잘 보이지도 찾지도 못하는 것은 우리 자신의 깊은 내면에 숨어있기 때문이다.

사막은 우리 자신을 발가벗겨 놓는다.

어쩌면 오아시스가 있어 사막이 아름다운 것이 아니라,

발가벗겨진 우리 내면의 자연스러운 본모습을 보여주기 때문에

사막은 아름다운 것인지도 모른다.

세상은 나를 보고 웃고, 나는 세상을 보고 웃는다.

안온한 그 마음의 경지가 부럽다.

타르(Thar) 사막

무슨 생각에 잠긴 걸까.

그저 하염없이 먼발치에 시선을 놓고
무료히 앉아 있어 본적이 언제였던가.

몬순 우기의 인도는 삶을 쉬게 한다.
모래언덕에선 어린 왕자가 되어보는 것도….

타르(Thar) 사막

타르 사막의 모래톱.
바람의 화백이 한 수 치고 가다.

"당신은 다른 어디에도 이를 수 없다.
당신은 어디를 가든 자기 자신을 데리고 다닌다." - 아잔 브람

그 '자기'라는 '에고'를 놓지 않고는 자유의 증득이란 멀고도 멀다.
아마도 아직 놓아버릴 그 무엇이 너무도 내 안에 많기 때문이리라.
덜 익은 놈이 가지를 놓지 않는다.

자이살메르 골목

여행은 낯선 골목에서 문득 마주치는 내 안의 나를 만나는 일이다.

세상을 어지럽게 만드는 건 삶의 여행에서의 내 발자국이다.
하수구는 원래 더럽지 않았다. 더러움을 버린 나 때문이었음을.

지나가는 것을 잡지 말고 그저 놓고,
세상 모든 것이 내 존재 위를 마음껏 스쳐 지나가게 한다면, 삶에 힘을 빼고
이완한다면, 내가 고요히 멈추어 있다면, 세상도 나를 흔들지 않는다.

그저 일어나도록 내버려 두라.
그저 흘러가게 놓아두라.

소귀에 경 읽기라지만 고집이라면 한 고집하는
소고집인 그일지라도
아름다운 소리를 들려주는 친절한 손길에는 고개를 숙여 귀 기울인다.

그런데 진심 어린 충고의 말을 겸허히 고마워하지는 못할망정
고개를 뻣뻣하게 쳐들고 불통으로 귀를 막고 있는 이가 있다.

소보다 못한 사람이다. 아니, 소고집보다 센 사람이다.

소통과 공감이란 굳이 서로 말을 해야만 하는 건 아니다.
말은 안 통해도 그래도 그에게 다가가
손 내밀어 들려주려는 이가 아름답다.

자이살메르 골목

소도 들을 귀가 있건만,
귀를 틀어막고 있는 사람이
너무도 많다.

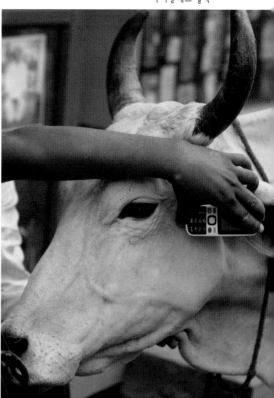

자이살메르 성곽

모래 위에 성을 쌓은 것 같은 타르 사막 입구의 도시 자이살메르의 성곽.
게스트하우스 옥상에서 바라보니 한눈에 들어온다.

가깝다고 잘 보이는 것은 아니다.
먼 곳에서 바라봐야 잘 보일 때도 있다.
그래야 제대로 바라볼 수 있기도 하다.

그리운 그대도 그렇다.

사막은 오아시스가 있어 아름답다지만,
그보다 마을과 사람이 있어 아름다운 것이다.
물 긷는 아낙네들.
오아시스의 우물에서 물을 길어다 써야 하는 일은
온전히 여인들의 몫이다.
사막 마을에서의 빨래는 자기 정화의 작업마냥 즐겁고도 고된 일이다.

매일 날이 맑으면 사막화된다.
종종 바람도 불고 비도 내려 주어야 비옥한 땅이 된다.
우리네 삶도 그렇다.

바람 불어 좋은 날! 바람이 분다. 그래도 살아야겠다.
바람이 불지 않는다. 그래도 살아야겠다.

타르(Thar) 사막

하리야나 & 뻔잡 Haryana & Punjab 찰나의 명상

시크교도의 땅

사원의 수보다 예배 장소인 구르드와르가 더 많은 시크교도의 땅이다. 그들이 머리에 둘러쓴 터번의 원색은 아름다움을 더한다. 다섯 물줄기를 뜻하는 뻔잡은 베아스, 젤룸, 쩨나브, 라비, 수뜰레즈 강에서 유래한다. 그 강줄기 때문에 수량이 풍부해 대지가 비옥해서 밀 수확량이 인도 전체 생산량의 20%를 차지할 정도이다. 힌두교도와 시크교도의 유혈 충돌이 종종 일어나던 곳이다. 주도는 짠디가르이고, 시크교 최고의 성지인 황금 사원이 있는 아므리뜨사르(암리차르)가 주요 도시다.

아므리뜨사르(Amritsar, 암리차르) 시크교 교주 람 다스가 건설한 아므리뜨사르에는 시크교 최고의 성소인 황금 사원이 성스러운 연못 한가운데에 있다. 배낭여행자라면 뻔잡과 하리야나 주를 마지막 하이라이트로 손꼽는 이유는 아므리뜨사르(Amritsar, 암리차르)의 황금 사원 때문일 것이다. 마하라자 란자뜨 싱이 금으로 도금한 구리 철판으로 사원을 씌워 황금 사원으로 불린다. 시크교도의 머리에 쓴 노란색, 빨간색, 녹색, 분홍색 등의 강렬한 색의 터번이 인상적이다. 황금 사원은 시크교도를 이해하는데 필수적인 곳이니 반드시 가보아야 할 곳이다.

아므리뜨사르 황금 사원

다름은 단지 다름일 뿐 틀린 것은 아니다.

누군가가 우리와 다른 곳을 바라본다고 해서 고개를 돌리려 할 이유는 없다.
그 어느 곳을 바라보든 그들만의 이유가 다 있는 것이다. 독단에서 벗어날
수 있는 다양성의 인정이란 부동심과 평등심의 씨앗이 된다.

좁고 얕은 연못도 하늘을 담건만, 그리운 그대를 있는 그대로 가슴에 담지
못하는 내 가슴은 좁아도 너무 좁아터졌다.

하늘이 아무리 변화무상하고 넓은 들 내 마음만큼이나 넓을 소냐.
담는다고 담아질 하늘이 아니지만, 언젠가는 온전히 다 담으리라.

인도 방랑 4

잠무 & 까슈미르 Jammu & Kashmir 찰나의 명상

오래된 미래

미소가 산의 마음을 닮은 티베트 불교도가 모여 사는 라다크가 있는 곳이다. 수많은 곰빠와 수도원, 계곡, 산악이 어우러져 여름에는 전 세계에서 여행객이 몰려 숙박비와 항공료 등 교통비가 천정부지로 오른다. 길이 열리고 산악 트레킹을 하기에 가장 적합한 계절이 여름 한 철 뿐이기에 겨울은 아예 엄두를 못 내는 곳이다. 하지만 굴마르그에서는 겨울에 스키도 즐길 수 있다. 천국의 골짜기로 알려진 까슈미르는 불안한 정치 상황 때문에 현재는 해외여행객이 거의 발길을 끊고 있다. 주요 도시는 까르길, 잔스까르, 라다크의 수도 레, 빤공쪼, 스리나가르 등이다.

라다크(Ladakh)의 수도 레(Leh) 라다크(Ladakh)는 티베트 불교도들이 사는 곳이다. 라다크는 9세기부터 티베트화 되었지만, 14세기 티베트 쫑카(Tshong kha) 출신의 뛰어난 학자인 롭상 닥빠(Blo bzang grags pa, 1357~1419)가 갤룩빠(Ge lugs pa)의 불교를 소개하면서 주요 사상으로 자리 잡았다. 파키스탄과의 영토분쟁으로 정국이 불안정하기에 잠무와 카슈미르에는 현재 여행객의 발길이 뜸하다. 하지만 라다크의 수도 레(Leh)는 그 영향을 받지 않는 곳이기에 안심해도 되는 곳이다. 라다크의 수도 레(Leh)는 7~9월 초까지 여름에만 육로가 열린다. 하지만 여름이라도 겨울 스웨터가 필요하다. 레는 고도가 3,520m이기에 고산증에 유의해야 한다. 경험상으로 고산증 약보다 비아그라의 효과가 훨씬 탁월했다. 레 근교의 산꼭대기에 있는 수많은 곰빠(사원) 트레킹은 지프차를 빌려서 하는 것이 유용하다. 헬레나 노르베리 호지의 《오래된 미래, 라다크로부터 배우다》를 미리 읽고 레를 방문한다면 좀 더 많은 것을 보고 느낄 수 있을 것이다. 인도 배낭여행의 백미는 북인도의 바라나시와 레, 그리고 남인도의 함삐이다. 이 세 곳을 보지 않았다면 인도를 본 것이 아니라고 말하고 싶다.

레 궁전, 궁전 곰빠, 궁전 마루, 쩨모 요새, 구시가지, 초우캉 곰빠, 상까르 곰빠, 샨띠 스뚜빠 그리고 레 근교의 스또끄 궁전, 마토 곰빠, 인더스 계곡의 셰이에 있는 나로빠 왕궁, 틱세이 곰빠, 스따끄나 곰빠, 헤미스 곰빠, 쩨므리 마을 등이 가볼 만한 곳이다.

빤공 쪼(Pangong Tso) 레 근교의 여러 곰빠를 돌아본 뒤에 하늘 호수 빤공 쪼(Pangong Tso)는 필히 방문해보도록 한다. 레에서 빤공 쪼(Pangong Tso)를 보고 오려면 심장이 강하지 않은 자는 불가능하다. 세계에서 3번째로 높은 해발 5,360m의 창 라(Chang La) 고개를 넘게 되면, 건강한 사람도 비아그라를 먹고도 숨이 차는 것을 견디기가 어렵다. 사진 한 장 찍는데도 가슴이 터지도록 숨이 턱턱 막힌다. 숨의 헐떡임은 새로운 경험이 된다. 해발고도 4,000~6,000m에 이르는 고원에 서식하는 야크와 라다키 촌로는 왜 하필이면 춥고 황량한 이 높은 고지에 적응하며 정착하였을까. 야크는 고기나 우유를 제공하고 산을 오를 때 짐을 나르는 교통수단이 되기도 하며, 털은 직물로 쓰이니 고지에 사는 라다키에겐 삶의 수단이 된다. 왜보다 어떻게 살아낼 것인가로 변환하며 적응해 온 그들의 삶이 현재에 불평하며 사는 나의 삶보다도 더 만족스럽고 지혜로운지도 모른다. 우리나라 사람들에겐 인도 영화 '세 얼간이'의 배경으로 나와서 유명해진 곳이다. 빤공 쪼를 방문하려면 허가증이 반드시 필요하다.

스리나가르(Srinagar) 수면에 안개가 낀 산봉우리가 반영으로 비치는 달(Dal) 호수에서 손 페달로 움직이는 시까라(곤돌라처럼 생긴 작은 배)를 타든가. 스리나가르의 명물인 하우스보트를 타고 하룻밤을 지내는 낭만을 즐길 수 있는 곳이다. 달 호수, 수상가옥, 무굴정원인 살리마르 바그와 나샤뜨 바그, 로자발 모스크와 예수의 무덤 등이 가볼 만한 곳이다.

례

종교=철학=삶이 동일한 그들에겐
삶 자체가 구도이다.

겉으로 보이는 물질적 풍요와는 관계없는
진정한 삶의 자세와 인간 본연의 모습임에

방황하는 삶의 방랑자인 나도
뒤따라 나선다.

인위적으로 드러내는 것보다 자연스럽게 드러나는 것이
진정한 참모습일 터. 드러내려는 앞모습보다
드러나는 뒷모습이 아름다운 이들.
그들에게선 내면에서 풍기는 사람의 향기와 수행의 향기가 묻어난다.
'그대는 숨겨진 뒷모습도 아름답다'라는 말을 듣기란 참 어렵다.

눈이 자기 눈을 못 보듯,
내 모습임에도 내 뒷모습을 스스로는 영원히 못 본다는 것이
삶의 아이러니인가.

틱세이 곰빠

발은 늘 걷는 것이
그의 사명이라고 생각한다.

하지만 잠시 멈추어 섬도
그의 사명임을 자각하게 될 때,

걷는 것의 즐거움은 배가 된다.

지혜는 세월이 갈수록 더욱 견고하다. 주름진 경륜만큼 아름다운 것은 없다.
가장 아름다운 지도는 사람의 얼굴 주름이라 했던가.
나도 이제 얼마 남지 않았음에 내 얼굴에 책임을 져야 한다.

"걱정을 해서 걱정이 없어지면 걱정이 없겠네"라는 티베트 속담이 있다.
달라이 라마는 이 속담을 풀어서 법문한다.
"해결될 일이라면 걱정할 필요가 없고, 해결되지 않을 일이라면 아무리 걱정
해도 소용없다. 어떤 것이든 근심하는 것은 아무런 이득도 없다."

웃을 일이 없어서 웃지 못하는 것이 아니라 웃지 않아서 웃을 일이 없는 것
처럼, 우리네 삶에서 걱정 없이 사는 날이 없을 순 없다. 걱정은 할수록 더
많아지는 법. 그저 조금 멀리 내려놓고 바라볼 수밖에 없다.

삶 자체가 산 넘어 산이겠지만, 산 너머에서 이곳을 보면 이곳도 마찬가지의
산 너머일지도 모른다. 일념(一念) 하는 곳에 에너지는 모이게 되는 법. 뜻이
있는 곳에 길은 있다. 입지(立志)를 세우는 것이 우선이다. 길은 그렇게 어디
에나 있었다.

땅쎄 마을

레

레의 사람들은 산을 닮았다.
그들의 모습 속에는 오래된 미래가 있다.

오래된 미래의 레(Leh)는 시간이 정지된 것 같다.
이곳에서는 시간이 사람을 따라간다.

그저 발걸음을 멈추고 서 있기만 해도 좋은.
멈추어서 바라보면 아름답지 않은 것은 하나도 없다.
또한, 내 마음이 아름다우면
아름답게 보이지 않는 것이 어디 있겠는가.

그저 순수하게 바라보아 준다는 것만으로도
가장 큰 선물이 된다.
순수하게 바라보는 것만큼 아름다운 것은 없다.

헤미스 곰빠

인더스 계곡의 적암(赤巖) 협곡 사이에 헤미스 마을이 나온다. 헤미스 곰빠
(사원)는 라다크 둑빠 불교의 영적 본거지이다.
예수가 까슈미르를 방문했다는 주장을 뒷받침하는 것으로 추정되는 자료가
이곳 헤미스 곰빠에서 나왔다 해서 유명한 곳이다. 개인적으로 라다크의 여
러 곰빠 중에 가장 영적 에너지가 충만한 곳으로 여겨진다.

삶을 전체적으로 아는 것이 참된 지혜와 경륜이라고 할 수 있다. 참된 지혜
와 경륜에는 한계와 제한이 없기에 영원불멸의 진리로 남는다. 그러므로 그
참된 지혜와 경륜은 아무리 사용해도 닳지 않으며, 남에게 퍼내 주어도 전혀
줄어들지 않는다. 촛불이 다른 초에 불을 옮겨 주어도 줄어들지 않듯이.
욕망 없이(without desire), 보상심리 없이(without reward), 결과에 집착
하지 않고(without attachment of result) 행하는 나눔과 봉사는 참된 지혜
와 경륜에서 나오는 것이다. 진정한 나눔과 봉사 또한 그러하여야 한다.
못 퍼내 주어서 안달이어야 한다.
그것이 알고 행하는 힘이다. 그것이 나를 변화시킨다.

빤공 쪼

빤공 쪼 호수가 하늘과 맞닿아 있다.

하늘 호숫가에 한 여인이 고즈넉이 앉아 무슨 생각에 잠겼을까.
아마도 물아일체로 무념무상(無念無想)에든 것이 틀림없다.
아니면 임에 대한 그리움으로 망부석이 되어
설렘으로 영원히 앉아 있을지도 모를 일이다.
산의 정상에서 푸른 호수를 그리워하다.
중국까지 펼쳐진 푸른 호수는 하늘 호수라 해도 과언이 아니다. 아마도 터키

블루도, 에메랄드 보석도 빤공 쪼 만큼 맑고 시리고 푸르지는 못하리라.
그저 그곳에 앉아 호수를 바라보는 것만으로도 칙칙한 눈은 물론이고 마음
의 부정적 사념과 번뇌가 정화된다.

푸른 하늘과 푸른 호수 같은 그런 마음을 가진 이가 그립다.
그런 이가 없다면 내가 푸른 눈을 가지면 될까.
아침에 맑은 하늘과 댓바람을 맞으니 하늘 호수가 더욱 그립다.
바람이 불지 않으면 풍경소리를 들을 수 없다.

창 라(Chang La) 고개

아무리 높은 산이라도 구름이 머물지 않듯이, 자유로운 영혼은 한 곳에 머물지 않는다. 바람이 스쳐 지나가도 흔적을 남기지 않듯이 방랑자의 발길도 그렇다.

산은 언제나 그 자리에 있다. 산이 거기 있어서 오른다. 고지가 바로 저긴데 예서 말 수는 없다. 하지만 올라가면 반드시 내려와야 하는 것이 또한 정상이다. 정상에서 영원히 머물려는 이는 스스로를 고독하게 만들며 결국은 죽음에 이르게 된다. 어차피 내려와야 할 곳이라면 잠시 머물다 겸허히 내려오는 것이 스스로를 위함이다. 산은 정복하는 것이 아니다. 정상에 오르는 것이 목표가 아니다. 목표를 달성하는 것보다는 도전하는 자체가 대견한 일이다. 산에 올랐고, 산이 됐고, 산에서 산화하는 것이 어쩌면 숙명이고 행복인 산악인에겐 산은 올라야 할 목표가 아니라 삶 자체이다. 모든 존재에게는 절정으로 치닫는 시기가 있다. 절정은 한순간이다. 하지만 한순간에 저버릴지라도 처절히 치달리고 있다. 그 처절함의 긴 시간이 절정의 한순간보다 못한 것은 아니다. 절정에선 결국 내려놓아야 하는 허무함이 기다리고 있지만, 치달리고 있는 동안에는 설렘과 기대가 충만해지고 있다. 꽃들이 만개하는 절정만이 꽃이 가장 아름다운 때만은 아닌 것처럼 그래서 더 아름다운지 모른다. 산은 큰 장벽으로 극복의 대상이 되기도 한다. 산에 들어서면 왜소하고 보잘것없는 자신을 자각하게 된다. 산을 오른다는 것은 자기를 성찰하는 자기와의 대화의 시간이다. 고요한 내면으로의 회귀이다.

산의 정상은 오로지 하나이지만 정상을 오르는 길은 첩경도 있고 돌아가는 길도 있다. 하지만 어느 길을 선택하든지 어차피 정상을 향해 가고 있으며, 좀 더 먼저이거나, 좀 더 늦게 도착하는 시간적 늦음과 빠름의 차이가 있을 뿐 틀린 길을 가는 것은 아니다. 첩경이든 우회 길이든 어느 길로 가든 묵묵히 걷는 이는 당도한다. 곡선의 길을 걷는 자는 잘못된 선택이라고 누가 말할 수 있겠는가? 대부분의 사람은 정상에 먼저 오르려고 첩경인 직선을 택한다. 하지만 그 산의 정상이 기득권과 행복이 아니라, 북망산의 정상이라면 첩경으로 먼저 가려 하지는 않을 것이다. 단지 다름일 뿐 틀린 것은 아니다.

한 번씩 주변도 둘러보고, 앉아서 담배 한 개비도 물고 쉬어가는 여유로움이 필요하다. 묵묵히 지나가는 당나귀와 촌로의 마음에는 이미 이타행의 마음이 가득하였으리라.

스리나가르 달(Dal) 호수

청자청(淸自淸) 탁자탁(濁自濁)

'맑은 것도 제 스스로 맑고, 탁한 것도 제 스스로 탁한 것이다.'

잔잔한 호수의 표면에도 유입된 물길의 흔적은 있기 마련이다.
우리네 마음에도 언제나 숨겨진 상처의 흔적은
그렇게 각인되어 흐르고 있다.

삶의 괴로움과 슬픔과 고뇌는 짠 소금과 같다.
그 짠맛의 정도는 담는 그릇에 따라 달라진다.
한 스푼의 소금을 작은 컵의 물에 넣고 마실 때와
큰 양동이의 물에 넣고 마실 때의 짠맛은 다르다.

그대가 상처와 괴로움과 슬픔과 고뇌 속에 있다면
스스로 컵이 되는 것을 멈추고 양동이가 되라.

인도 방랑 5

히마찰 쁘라데쉬 Himachal Pradesh 찰나의 명상

힐 스테이션(Hill station, 산간 피서지) & 고요한 숲 속 길

히마찰 쁘라데쉬는 서부 히말라야 산맥의 거대한 산봉우리들이 솟아 있어 숲과 골짜기, 불교사원 등이 즐비해 인도의 최고 산악지역으로 불린다. 영국 식민지 시대의 힐 스테이션이었던 시믈라와 사과 생산지인 낀나우르, 마날리와 꿀루 계곡 등은 자유로운 영혼인 히피와 신혼부부의 신혼여행지로 각광을 받는다. 마리화나와 히피의 고장으로 유명한 마날리는 라다크로 가는 관문이다. 다람샬라는 달라이 라마의 티베트 정부가 있기에 더 유명하다. 주요 도시는 시믈라, 마날리, 다람샬라 등이다.

시믈라(Shimla) 영국식민지 시절 1939년까지 인도 정부의 여름 별장이었던 힐 스테이션이다. 겨울 시즌에는 눈을 즐기려는 신혼부부들의 신혼여행지로도 유명하다. 히마찰 주립 박물관과 도서관, 총독관저, 크라이스트 처치(교회), 자쿠 사원 등이 가볼 만한 곳이다.

마날리(Manali) 산세가 빼어나게 아름다워 트레킹과 래프팅, 겨울시즌의 스키를 즐기러 오기도 하지만, 배낭여행객과 히피들의 천국인 이유 중 하나는 양질의 하시시(대마초, 마리화나, 차러스)를 손쉽게 구할 수 있어 즐기러 오기 때문이다. 6개월 동안 게스트 하우스 옥상에 앉아 마대자루 채로 가져다 놓고 피워대는 일본 여행자도 보았다. 라다크를 가기 위한 기점이라 여름철에 휴식하며 머무르기 좋은 곳이다. 하늘과 산을 가까이 볼 수 있어서 좋다. 하딤바 사원, 히말라야 닝마빠 불교사원, 히말라야 삼나무 숲 자연공원, 올드 마날리, 그리고 마날리 근교의 바쉬슈뜨 온천 공중목욕탕과 노천탕 등이 가볼 만한 곳이다.

다람샬라(Dharamshala) 시장과 버스정류장이 있는 아래쪽 다람샬라와 여행자들이 모이는 좀

더 위쪽 다람샬라(Upper Dharamsala)인 멕레오드 간즈(Mcleod Ganj), 그리고 달라이 라마의 티베트 망명정부가 있는 강첸 끼숑로 나뉜다. 달라이 라마께서 기거하시는 궁을 인도 경찰들이 지키고 있지만, 텐젠 라마와의 인연으로 달라이 라마 궁에 들어갈 수 있는 호연을 가져 링 린뽀체 등신불을 친견했었다. 티베트인들의 삶과 고뇌와 애환이 서린 곳이기에, 모모와 뚝바 한 그릇에 그들의 눈물을 달래본다. 거리에 쭈그리고 앉아 창포묵을 먹던 추억이 그립다. 추랑카 사원단지, 깔라짜끄라 사원, 남걀 곰빠, 티베트 박물관, 티베트 문헌보관소, 티베트 망명정부 사무국, 티베트 의학 & 점성 연구소 등이 가볼 만한 곳이다.

시믈라

고양이가 족적만 남기고 땅속으로 사라지다.
그래도 흔적도 없이 사라지진 않았다.
누구나 흔적은 남기게 되어 있다.
그것이 업(業, karma)이다.

내 삶의 흔적도 저리 선명할까.
흐리든 선명하든 흔적도 없이 사라지는 건 없다.
다만 근원으로 돌아갈 뿐이다.

아무리 촘촘히 거짓을 세운다 할지라도
빈틈은 있다.

어쩌면 그 빈틈을 비집고 들어가려는 것이
진실인지도 모른다.

세상살이라는 것이 넘어야 할 고개가
왜 그리도 많은지.

꽉 막힌 틈새로 빛도 제대로 들지 않는다.
이 어둠 속에서 언제쯤이나 벗어 날고.

떨쳐버리고 함께 나가자고 내밀어 주는
그런 따뜻한 손이 오늘은 무지 그립다.

마날리

주위를 밝히는 초나, 정신을 맑게 하는 향이나, 모두 스스로의 몸을 태워야만 가능한 일이다.

자기 몸을 불살라 주변을 밝게 하는 살신성인의 초는 무지를 밝힌다. 자기 몸을 불살라 주변을 맑게 하는 살신성인의 향은 마음의 독소를 제거한다.

나를 깨어 있게 하는 소리인 종(鐘)과 띵샤(Tingsha), 싱잉볼(Singing bowl)도 서로의 몸을 부딪치는 그 아픔을 참고 견뎌야만 맑은 소리가 멀리 퍼져 나간다. 진정 그것이 살신성인이다. 자기 희생적 마음의 발로가 진정한 염원이다.

풀잎사랑

완전한 비움 속에 진정한 채움이 있다.

하지만 그리움은 비우지 않아도 된다.

아무리 그리워해도 그리움은 채워지지 않기 때문이다.

채워지지 않는 것이기에 그리움은 그리움 자체가 완전한 그리움이다.

그리움이 채워지면 그것은 더 이상 그리움이 아니다.

우리는 그리움이 채워질까 봐

언제나 가슴 한구석을 비워 놓는다.

누군가를 그리워한다는 것은

사랑이 아직 메마르지 않았다는 증거이다.

웃따르 쁘라데쉬 Uttar Pradesh 찰나의 명상

종교 & 순례, 삶의 본질이 되다

야무나 강의 따즈 마할이 있는 아그라, 사람이 거주하는 곳으로는 가장 오래된 도시 강가 바라나시로 유명한 주다. 끄리슈나의 탄생지 마투라, 꿈브 멜라가 열리는 성지인 알라하바드, 붓다의 초전법륜지인 사르나트, 열반지인 꾸쉬나가르 등에는 순례자들의 발길이 끊어지지 않는 곳들이다. 인도의 역대 수상의 절반이 이 지역 출신인 덕분인지 지역발전 및 인구가 가장 많아 영향력 있는 주로 자리매김하고 있다. 주요 도시는 아그라, 파떼흐뿌르 시끄리, 알라하바드, 바라나시, 사르나트, 꾸쉬나가르 등이다.

아그라(Agra) 16~17세기 무굴제국의 황제들인 바부르, 아끄바르, 자항기르, 샤 자한, 아우랑제브의 통치하에 전성기를 누린 도시이다. 야무나 강변에 세계문화유산으로 지정된 따즈 마할과 아그라 포트가 세워졌지만, 19세기 영국 통치하에서 화학산업 중심지가 되어 대기오염이 심각하다. 야무나 강을 오염시키고 백색대리석인 따즈 마할마저 누렇게 변색시켰다. 따즈 마할, 아그라 포트, 시깐드라에 위치한 아끄바르의 묘, 베이비 따즈라고 불리는 이띠마드 우드 다울라흐 등이 가볼 만한 곳이다.

파떼흐뿌르 시끄리(Fatehpur Sikri) 16세기의 요새 도시인 파떼흐뿌르 시끄리(Fatehpur Sikri)는 아끄바르 황제가 아그라에서 옮긴 새로운 수도였다. 물 부족으로 인해 14년 후 버려졌지만, 세계문화유산으로 지정될 정도로 이슬람 도시건축의 걸작품이다. 자마 마스지드, 하얀 대리석으로 만든 예언자 샤이크 살림 찌슈띠의 묘, 힌두교도 아내의 궁전인 조드 바이 궁전, 기독교도 아내의 궁전, 터키인 아내의 궁전인 루미 술따나, 각기 다르게 생긴 84개의 기둥으로 받쳐진 빤쯔 마할, 왕실 마구간인 로워 하람사라, 목욕탕인 함맘 등이 볼만하다.

알라하바드(Allahabad) 브라흐마(창조신)가 처음으로 지상에 발을 내디뎠던 곳이라는 힌두 신화로 인해 힌두교 순례자들의 최고 순례성지로서, 12년마다 6주간 개최되는 종교집회인 꿈브 멜라가 열리는 곳이다. 수천만 명이 몰려드는 꿈브 멜라는 비슈누 신이 불멸의 불로장생주인 넥타(神酒, soma)를 담고 있는 꿈브(kumbh, 주전자)를 가지고 가다가 알라하바드, 하리드와르, 나씩, 웃자인 네 곳에 네 방울을 떨어뜨렸다는 힌두신화에 기원한다. 그 중에서도 알라하바드의 꿈브 멜라가 사람들이 가장 많이 몰리기에 마하 꿈브 멜라라 한다. 또한 각 네 지역에서 6년마다 아르디 멜라, 1년마다 마그 멜라를 개최한다. 상감(sangam, 성스러운 야무나 강과 강가가 사라스와띠 강에서 만나는 곳), 네루 일가의 유물이 전시된 아난드 바완과 스와라즈 바완, 아끄바르 요새와 무굴 무덤들인 쿠스루 바그, 빠딸뿌리 사원과 불멸의 반얀 트리, 라즈 시대의 건축물 등이 가볼 만한 곳이다.

바라나시(Varanasi) 바라나시(Varanasi)는 영성(靈性)의 도시, 삶과 죽음이 서로의 언저리에서 만나 공존하는 곳이다. 카오스(chaos) 덩어리인 나는 정돈되고 깔끔한 곳에서는 불편할 수밖에 없기에 혼돈 속에서 오히려 편안함을 느낀다. 그래서인지 인도에서 가장 혼돈스러운 곳인 바라나시에서 8년이라는 오랜 유학시절을 편히 보낼 수 있었는지도 모른다. 바라나시 정션(junction)에 도착해 발을 딛자마자 발끝에 부딪히는 역사에 누워 널브러진 사람들, 차선 구분도 없이 콩나물 시루처럼 밀려오고, 밀려가는 사람들과 소와 자동차들의 무질서한 군상들. 하지만 그 무질서 속에 흐르는 질서는 무질서의 질서가 되어 자연스럽게 흘러가고 있었다. 그 아비규환을 벗어나면 고요하고 무심히 흐르는 강가(Ganga, Ganges)가 눈앞에 펼쳐진다. 극과 극이 상존하는 강가의 마지막 가뜨(Ghat, 계단, 층계, 목욕터)인 앗시 가뜨(Assi Ghat)에는 B.H.U(바라나시 힌두 대학교)가 망고나무 숲을 이룬다. 무릉도원처럼 전원적이고 목가적으로 가꾸어져 있다. 반면에 구시가지인 고돌리아는 미로 같은 좁은 골목길(gali)로 가뜨들에 이어져 있다.

인구 약 130만 정도의 바라나시는 힌두교의 성지로서 기원전 1,200년경 까쉬(kashi)로 불렸던 쉬바(Śiva) 신의 도시이다. 바라나시의 강가(Ganga)는 쉬바 신의 머리에 앉아 있는 여신 강가(Ganga)로부터 흘러나온 강물이기에 힌두인 들은 강가의 성스러운 물에 몸을 담가 씻으면 일생 동안 지었던 업과 죄를 정화한다고 여긴다. 그래서 바라나시에서 일생의 삶을 마감하면 해탈을 얻을 수 있다는 믿음으로 죽음을 맞이하기 위해 가는 도시이기도 하다.

인도인들에게 있어서 자식이 부모님께 드리는 가장 큰 효도는 바라나시에서 생을 마감하실 수 있도록 노잣돈을 마련해 주는 것이다. 삶과 죽음이 눈앞에 공존하는 바라나시의 가뜨에 오랫동안 앉아 있으니 삶의 무상함도 시린 따뜻함으로 스며든다. 인도인들에겐 삶의 마지막 여정지이고 육신의 휴식처이지만, 멀리서 바라보는 여행객인 이방인들에겐 그저 죽음을 맞이하러 가는 관광지일 뿐이다.

영국인들이 발음상 갠지즈라 불렀던 강가는 내가 1992년 처음 인도에 발을 들여 놓을 때나 지금이나 유구히 흐른다. 화장터인 마니까르니까 가뜨에선 시체를 태우는 연기가 피어오르지만, 더운 한낮에는 옷옷을 벗고 몸을 담그기도 하고, 밤에는 선상 음악회에서 간자나 짜라스를 빨며 몽롱한 한여름 밤을 지새우기도 한 곳이기도 하다. 새벽 2시가 되면 피날레를 장식하는 만디르의 음악회에선 빤디뜨 자스라지가 빤(pan)을 씹으며 한 곡조 흐드러지게 뽑아낸다. 신성의 소리인 만뜨라를 그의 목소리로부터 듣던 그런 시절이 있었다. 젊은 날의 초상은 그렇게 회상으로, 사진으로 남아 머물고 있다.

앗시 가뜨에서 라즈 가뜨로 이어지는 강둑에 늘어선 80여개의 가뜨, 고돌리아 골목에 자리한 황금 사원인 비슈와나트 사원, 바나라스 힌두 대학교, 람나가르 포트, 두르가 사원, 뚤시 마나스 사원, 바라뜨 마따 사원 등이 가볼 만한 곳이다.

사르나트(Sarnath, 초전법륜지) 부처님의 초전법륜(初轉法輪)지인 녹야원이 있는 곳이다. 붓다가 정각을 하고 그의 깨달음을 다섯 비구에게 처음으로 설법한 곳이다. 탄생지인 룸비니, 정각지인 보드가야, 열반지인 꾸쉬나가르와 더불어 불교의 4대 성지 중 하나이다. 다메크 스뚜빠, 차우칸디 스뚜빠, 고고학 박물관 등이 가볼 만한 곳이다.

꾸쉬나가르(Kushinagar) 붓다가 열반에 든 곳으로 붓다의 열반상이 6m 길이의 오른쪽으로 누운 와불(臥佛)의 모습으로 열반당에 안치되어 있다. 열반당인 마하빠리니르바나 사원, 마지막 설법을 설한 곳인 마타꾸아르 사원, 붓다의 다비(茶毘) 장소인 라마바르 스뚜빠 등이 가볼 만한 곳이다.

아그라 따즈 마할

추억을, 기억을 먹고 사는 우리네 삶은 시린 아름다움을 창조한다.

왕비 뭄 따즈를 향한 무굴황제 샤 자한의 그리움이 아름다웠기 때문일까. 사랑 앞에서는 황제라는 권력도 그에게는 무의미했을지도 모른다. 황제보다 세기의 로맨티시스트로 남은 그가 뭄 따즈를 늘 가슴에 그리며 바라보았던 따즈 마할의 전경들. 하지만 무덤에 함께 누운 뭄 따즈와 샤 자한은 자기들의 무덤을 보러 오는 관광객들의 시끄러움으로 인해 편히 잠들지 못한다.

샤 자한 황제의 뭄 따즈를 향한 애틋한 사랑에는 공감하지만, 국고낭비, 다시는 저런 작품을 못 만들도록 무덤을 만든 장인들의 손목을 잘라버린 냉혹함은 권력의 부당함과 역사의 어두운 면모들이어서 아름다운 건축물로만 바

라볼 수 없음이다. 권력과 오만의 상징이기도 한 백색 대리석 무덤이지만, 이 무덤이 현재의 인도인들을 먹여 살리고 있으니 역사의 아이러니다.

따즈 마할의 화려함도 결국 무덤에 불과하다. 죽어서 수많은 사람의 구경거리가 되는 것보다, 흐르는 강가에 뼈를 화장하여 뿌려지는 것이 속이 더 편할지도 모를 일이다.

화려한 따즈 마할과는 달리 주변의 골목에는 여느 마을과 같이 삶의 애환이 스며있다. 화려해 봤자 결국 죽은 이의 무덤인 따즈 마할과는 달리 그래도 그들의 삶의 모습들은 역동적이다. 일상의 시작은 등잔불을 켜고 새로운 날들의 무사안위를 비는 것으로부터 시작된다.

많은 일이 일어날 수 있다. 겉으로 빙산의 일각만이 드러나 있을 뿐이다. 다가올 미래에 서 있을 나는 언제나 현재에 서 있을 것이다. 매 순간, 지금이 이어진 끝에 미래가 있음에 지금 이 순간에 제대로 머물자.

그것이 미래를 기다리는 최선이다.

아그라, 야무나 강변 & 공사 중인 따즈 마할

진정 아름다운 것은 보이는 모습도 아름다워야겠지만 보이지 않는 뒷모습도
아름다워야 한다.

샤 자한 황제의 두 번째 부인인 뭄 따즈의 백색 대리석 무덤인 따즈 마할은
완벽한 아름다움으로 세계 불가사의 중 하나이겠지만, 건너편 야무나 강에
서 바라보면 그다지 아름다움을 논하고 싶지 않다.
까마귀와 들개들이 노니는 쓰레기와 공해로 오염된 야무나 강은 따즈 마할
이 완공된 후 다시 짓지 못하도록 장인들의 손을 잘라 내다 버린 곳인지도
모른다.
샤 자한이 따즈 마할 완공 후 강 건너편 오염지역에 자신의 흑색 대리석 무
덤을 만들려 했지만 그의 아들에게 유폐 당해 그 꿈을 못 이루고 죽은 것이
어쩌면 다행이리라. 샤 자한은 죽을 때까지도 아그라 성에 유폐되어 건너편
백색 따즈 마할을 그리워하며 이 오염된 지역에서 종말을 맞는다.

아그라에 가면 이 사진을 찍은 건너편 오염된 지역에서 따즈 마할을 바라보
는 것도 좋으리라. 사랑의 허망함과 권력의 허무를 실감할 터이니….

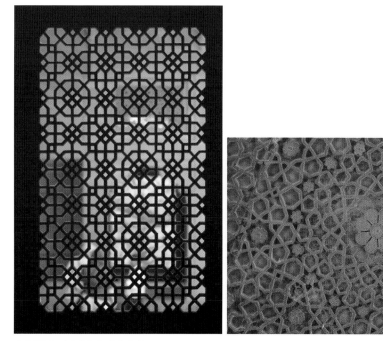

파떼흐뿌르 시끄리 조드 바이 궁전

바이쉐시까(Vaiśeṣika) 철학에서는 6범주(Padārtha) 중 내재(samavāya)의
실재성을 말한다. 연결(saṁyoga)이란 한 사물과 다른 사물 사이의 잠정적인
외적 관계로서 그것이 없어도 그 사물은 존재할 수 있다. 따라서 우연적 성
질 혹은 속성으로 간주된다.

반면에 내재(samavāya)의 관계는 영구적이고 불가분리의 관계로서 전체와
부분, 실체와 성질들처럼, 하나가 하나 안에 필연적으로 내재하는 관계인 것
이다. 내재의 관계성으로 존재하는 것은 지각 가능하든 불가능하든 필연으
로 존재한다.

나는 그 무엇에게, 그 누구에게 내재되어 본 적이 있었던가.
그런 필연이 있었던가.

파떼흐뿌르 시끄리 빤쯔 마할

최악의 상황은
아마도 내 깊은 영혼의 선택에 의해
일어난 것일지도 모른다.

영적 각성의 최선의 순간은
최악의 상황에서임에….

'작은 배가 있었네. 아주 작은 배가 있었네.

작은 배로는 떠날 수 없네. 멀리 떠날 수 없네.

아주 멀리 떠날 수 없네.' – 작시 고은, 노래 조동진

삶의 무게에 지칠 때마다 나직이 읊조리는 노래이다.

참을 수 없는 존재의 가벼움이다.

가벼워서 오히려 더욱 무거운 그런 날들이다.

작은 배로는 짓누르는 삶의 무게를 싣고서 멀리 떠날 수 없기에

탐욕과 아집을 버려야만 세상이라는 망망대해로 나아갈 수 있다.

뜨거운 열정의 심장과 차가운 냉정의 이성, 그 경계에 서서….

알라하바드 강가(Ganga)

바라나시 강가(Ganga)

아무것도 아닌 존재로 전락하는 것은
아무것도 하지 않는 것일 터.

지금 내가 하고 있는 것이
나의 정체성을 규정짓는 법.

나는 지금 무엇을 하고 있는가.

자연에 따라 행하고 인위를 가하지 않는 무위(無爲)로
여여(如如)히 존재하기란 이 시국에서는 참으로 어렵다.

바라나시 강가(Ganga)

잠시의 멈춤이 결코 정체됨이 아님은
멈추어야만 제대로 바라볼 수 있기 때문이다.

결국, 그 멈춤도 멈춤이 아닌 흐름의 한 찰나일 뿐이지만.

말 없는 갈매기가 뱃사공의 길을 안내하다.
모든 것이 안내자가 될 수 있다.
다만 들을 귀와 바라볼 눈을 스스로 닫고 있을 뿐이다.

노를 젓는다는 것, 그 정체에서 벗어나기이다.

고돌리아 골목

"한 사람이 얼마나 많은 길을 걸어야

우리는 그를 한 인간이라고 부를 수 있나요?

그 답은 바람만이 알겠죠."– Bob Dylan

길을 걷고 있는 방랑자는 이미 그 답을 알고 있기에

바람처럼 떠돌 뿐이다.

고돌리아 골목

빛바랜 추억.

삶은 영원하지 않고 찰나이기에
더욱 아름다운 것인지도 모른다.

고로 사라지기 전 온전히 불태우는 것이
존재의 참된 모습이리라.

삶의 황혼 또한 익숙한 처음처럼
시린 따뜻함으로 그리 머문다.
나이는 들어도 마음만은 오렌지빛이다.

왕후의 밥, 걸인의 찬!

사람에게 두 팔이 있는 이유는
누군가를 안아 주기 위해서이고,
두 손이 있는 이유는
넘어진 이를 일으켜 세워주기 위해서란다.

사람이 두 손을 가지고 있는 건 여러 이유가 있겠지만,
스스로를 위함보다는 누군가를 위해
손수 밥을 짓기 위해서 있는 것이기도 하다.

누군가를 위한 손짓은
가장 아름다운 몸짓이다.

앗시 가뜨 골목마을

강가(Ganga)

바라나시 강가에는 화장될 수 없는 인연들이 있어
수장되거나 조장된 시체들이 즐비하다.
결국 다시 수면 위로 떠올라 개와 까마귀의 밥이 된다.

보시(報施) 중에 가장 큰 보시는 육(肉) 보시이다.
어쩌면 죽어서까지 베푸는 가장 큰 공덕이다.

"내일과 다음 생(生) 중에
어느 것이 먼저 찾아올지
우리는 결코 알 수가 없다."
– 티베트 속담

하리스 짠드라 가뜨

화장터, 삶과 죽음이 공존하는 곳!

죽음도 삶의 한 연장선일 뿐이기에 바라나시 강가의 화장터에서는 누구도
울지 않는다. 망자에 대한 그리움도, 애별리고의 슬픔도 모두 불에 승화될
뿐이다. 아마도 고뇌와 번뇌의 세상을 벗어나 열반의 세계에 들 망자의 가는
발걸음에 한 치의 미련도 애착도 남기지 않으려 함일 게다.

살아가는 것의 목표점이자 종착점인 죽음.
살아가고도 있지만 죽어 가고도 있는 것인데 무엇이 그리도 급해서 앞으로
바삐 달려 가려만 하나.

파괴는 새로운 창조의 완성이다.
부패한 것이 차고 넘치면 썩고 문드러질 뿐이다.

살아가고 있다는 것은 반면에 죽어가고 있다는 것.
죽음은 새로운 탄생의 모태가 되기에
죽음 앞에서 울지 않고 웃을 수 있다.

부모님께 돌아가시기 전 '죽음을 기다리는 집'에서 기거할 수 있도록 노잣돈을 주는 자식이 가장 큰 효도이다. 한 구의 시체를 태우는데 나뭇값이 약 6,000루피(약 12만 원) 드는데, 그것도 없어서 화장을 못 하는 서민은 수장(水葬), 조장(鳥葬), 매장(埋葬)으로 대신한다. 여유가 있어 장작을 구입할 수 있는 상주는 효자이다.

시신이 다 탈 때까지 4시간 정도의 화장시간이 흐르고 나면 그 인연법은 영원히 끝이 난다. 이승과 저승을 이어주는 유일한 길은 관심과 기억뿐이다. 그것밖에 할 수 없다는 것이 이승에 남아 존재하는 살아있는 이의 서글픔이다. 종교적인 이유로 여자는 화장터에 올 수 없기에 더욱 그러하다.

바라나시에는 망자의 혼이 도처에 머물고 있는지도 모른다.
그곳에서 8년을 살았으니 나는 망자와 늘 함께 살아왔던 것이다.

강가(Ganga)

기원을 드린다는 것.

나를 낮추지 않고는 쏘아 올릴 수가 없다.

바벨탑이 무너진 이유는 낮추지 않고 스스로를 자만으로 높이려 했고,

탐욕을 비곗덩어리처럼 쌓아 올렸기 때문이다.

번뇌의 텃밭인 애욕과 탐욕이 강하고 크면 클수록

마음의 견고한 초석이 되어 경직과 아집으로 높은 철벽을 쌓는다.

그 마음으로는 기원을 드릴 수가 없다.

스스로를 낮추려도 낮춰지지 않기 때문이다.

소원을 담아 촛불에 띄우는 그들의 간절한 모습들 자체가

가장 빛나는 소원임을.

디아(꽃으로 장식한 작은 초)를 켠다는 것은

두 손 모아 간절한 기원과 소원을 담으려는 것이겠지만,

먼저 무지와 무명을 밝히는 지혜의 촛불이기를 바라본다.

스스로를 태워 주변을 밝히는 촛불이

희미하게 꺼지지 않기를 온 마음을 다해 두 손 모은다.

_()_

바라나시

인도 바라나시(Varanasi)의 새벽 강가(Ganga) 가트(Ghat)에는
비움의 철학, 버림의 철학, 놓음의 철학, 느림의 철학, 바라봄의 철학을
실천하는 이들이 즐비하다.

그들에겐 육체적, 물질적 풍요보다는
영혼의 살찜이 더 없는 희열과 행복이다.

버릴수록, 비울수록, 놓을수록, 느릴수록,
내면의 영혼을 더 잘 바라볼 수 있기 때문이다.

씻을 수 없는 상처로 온몸과 마음이 만신창이가 된 당신에게 이제야 나는 녹아서 작아지는 비누처럼 나를 녹인다. 녹지 않는 비누라면 쓸모없는 물건인 것처럼, 나만을 주장하고 내 사랑만 안타깝다고 아끼고 있으니 물에 녹지 않는 비누와 다를 바 없다.

비누처럼 나를 녹여 상대를 맑게 하는 사랑이어야 했건만, 그것이 사랑하는 사람의 찌든 때를 씻어주고, 향기가 나게 하고, 세상을 당당히 살아갈 수 있는 힘을 주는 것일 텐데. 내가 당신을 진정 사랑한다고 당신에게 말할 수 있으려면, 사랑하는 당신에게 언제나 작아지고 녹아지는 비누가 되었어야만 했건만, 나를 녹이지도, 작아지려고도 하지 않은 알량한 자존심을 이제야 후회한다.

앗시 가뜨

앗시 가뜨

타인의 입장에서 생각하기의 무능성은
사유불능성의 죄일까.
그것은 사유불능성의 죄라기보다는 이기심에 근거한
아집과 배타적 오만 때문이 아닐까.
아니면 에고의 견고함으로 인한 타를 받아들이려는
포용성의 결여이든가.

결국, 무능적 생각하기를 생각하고 있음이기에
나는 나를 타인으로 놓고 바라본다.

강가(Ganga)

꽉 막혀 더 이상 갈 수가 없다.

내 갈 곳을 잃다.

어쩔 수 없이 무겁게 진 짐들을 내려놓고 멈출 수밖에 없다.

장벽과 경계란 그렇게 한편으론 날 쉬게도 한다.

강가 골목

짓누르는 인생의 무게!

그 긴 삶의 터널 끝이 죽음일진대, 그래도 묵묵히 제 갈 길들을 가고 있다.

그 죽음이 새 생명의 부활이기를….

실체보다 '환(幻)'으로 나타난 '현상'이 시각적으로 더 아름다워 보이는 것은 우리의 존재가 현상적 존재에 머물고 있기 때문이다. 하지만 진정한 아름다움은 흔들림 때문에 더 아름다워 보이는 그 '환(幻)'이 깨어졌을 때 스스로 빛을 발한다.

그럼에도 불구하고 그 시각적 아름다움을 우리는 끝없이 추구하고 있다. 아니, 그러지 못해 안달이다. 어질어질함에도 불구하고 그 현상의 환(幻)을 쫓아가는 한 마리 불나방이 된다.

성속(聖俗)의 분별과 허상과 실상의 경계란 참으로 모호하다.

바나라스 힌두 대학교(B.H.U.)

사람이 세상에 태어나서 말을 배우는 데는 약 2년 걸리지만,
침묵을 배우기 위해서는 60년 이상이나 걸린다고 한다.

고요한 물은 깊이 흐르고, 깊은 물은 소리가 나지 않는다 하였다.
침묵 속에 오히려 참된 가치와 위대함이 있다.

바나라스 힌두 대학교 입구에서 지혜의 여신 사라스와띠가 비나를 켠다.
가장 큰소리인 침묵의 소리를 듣다.

앗시 가뜨

언제나 그렇지만 윤슬은 눈을 부시게 만든다.

물결에 부딪혀 부서지는 윤슬이 꽁꽁 언 내 가슴을 어루만진다.

홀로 있을 때와는 달리 그 누군가가 가까이 다가와

부딪혀 온다는 것은 그렇게 서로에게 눈부신 일이다.

부딪힌다는 것, 등 돌릴 일이 아니라 서로를 빛나게 하는 것이다.

본능이 부끄럽지 않은 곳이니 본능대로 그저 놓아두고 흘러가는 삶이

오히려 더 자연스럽다.

하늘로부터 50여 년이나 와버렸으니, 이젠 돌아갈 차비가 없다.

그러니 내 목을 매달아 주오, 세상에서 사라질 테니.

그런데 내가 죽는 것은 괜찮은데

무덤의 세월이 너무 기네.

앗시 가트

파문이 인다. 고요한 내 마음에도 잔잔한 파문이 인다.
물 한 방울의 파동에너지가 유기체적 존재인 온 우주를 진동케 한다.

그물의 한 코만 당겨도 그물 전체가 움직이듯이,
염주(Mala) 한 알을 돌리면 염주 전체가 돌아가듯이,
참을 수 없는 존재의 가벼움일지라도
존재성의 인연법은 인드라 망(Indra net)과 같다.
고로 스스로의 존재를 늘 삼가야 함이다.

파동이 퍼져서 그 떨림이 우주로,
그 우주 속에 있는 내게로 다시 전해져 오기에,
내가 바로 우주이니 오고 감도 내 마음속에 있다.
그렇게 에너지는 서로에게 연결되어 흐르고 있다.

내 몸짓 하나가 파동 에너지가 되어
그대의 가슴에 파동 되어 닿고 싶다.
사랑의 파동에너지는 그리운 그대 가슴에 반드시 전해진다.

앗시 가뜨

새벽마다 세심(洗心)하러 나오는 순례자의
정화의 몸짓이 아름답다.

몸을 씻으며 마음의 묵은 때도 씻는다.

마음의 때를 미는 때밀이가
너덜너덜 떨어져 있다면 그나마 다행이다.

앗시 가뜨

새벽의 강가(Ganga).

지평선 너머에서 해가 뜨고 아침이 밝아 오는 것은
까마귀와 개들과 소들의 울음소리가 어둠을 쫓아내기 때문이다.
소처럼 되새길 줄 아는 사람은 음미하는 자이다.

프리즘 현상으로 태양신 수리야(Surya)의 에너지는 정화된다.
모든 업(業)이 그러하다. 씻지 못할 업(業)은 없다.
더럽다 여기는 강가에 직접 몸을 담가보지 않은 이는
알 수가 없다.

향나무를 도끼로 찍으면 도끼에 향 내음이 묻어난다.
내가 어느 곳에 발을 딛고 있느냐에 따라
내 삶의 향기가 달리 묻어난다.

앗시 가트

몬순 폭우가 내린 황토의 바라나시 강가도
인도인들에겐 정화의 강물이 되고, 아이들에겐 즐거움의 놀이터가 된다.

흙탕물을 맑게 정화하는 방법은 강이 스스로 자정(自淨)될 때까지
휘젓지 말고 가만히 놓아두고 기다리면 스스로 맑아질 것이다.

우리의 마음도 그렇다. 마구 뒤흔들어 어지럽게 만들지만 않으면 된다.
마음에 일어나는 파문을 잠재우는 방법은
그저 가만히 놓아두고 바라보기만 하면 되는 일.
인위적 작위를 가하면 파문은 더욱 일렁일 뿐이다.

Let it be, let it flow, leave itself!
그보다 더 좋은 최선의 방법은 없다.

강이 스스로 자정(自淨)되듯이 누구나 스스로 정화되는 날은 있다.

정화는 물의 더럽고 깨끗함은 중요치 않다.
정화의 도구가 중요한 것이 아니라,
그 속에 세심(洗心)의 간절함이 담겼는가가 중요하다.

세상의 관계성은 내 마음과는 다른 법.
내가 존재함으로써 야기된 모든 행과 업을 어이 갚을꼬.
독단과 독선으로 살았음에.

바라나시

죽음을 맞이하러 오는 도시 바라나시 강가에서 한 촌로가 죽음을 기다린다. 고독해 보이나 그는 이미 삶의 애착을 놓았다. 그저 평온하다. 익숙한 처음 처럼 그리 낯설지 않음은 우리네 모두의 모습이기에 그러한 것일까. 모든 인연법이 그렇다. 그렇게 초연히 받아들이는 삶과 죽음이어야 할 터인데, 나는 미련과 애착과 고독에 몸부림 칠까 봐서 지레 마음을 추스른다. 무념 무상한 빈손의 촌로는 화장할 땔감조차 없었을 터이니, 아마도 조장(鳥葬)이나 수장(水葬)되어 이미 왔던 곳으로 돌아갔겠지만, 다 같은 생의 마감이다. 죽음은 어쩔 수 없이 당하는 것이 아니라, 살아서 생의 마감이라는 숙연한 일을 해내는 것이다. 죽음을 앞에 둔 고독은 소크라테스의 말처럼, 다가올 영원의 순간에 대한 기대감과 설렘으로 고독하지 않고 더 행복할지도….

양시 브

잘나 봤자 봇짐 하나 달랑 메고 죽음을 맞이할 것을,

몽매한 나는 무슨 미련과 애착이 그리도 많이 남아 무거운 짐을 덕지덕지 짊어지고 몸부림치며 살고 있는 건지. 내가 존재함으로써 야기된 모든 행과 업을 어이 갚을꼬. 독단과 독선으로 살았음에….

우리는 살아가고도 있지만 죽어가고도 있다. 결국, 죽음은 삶의 연장선일 뿐이다. 죽음이 내 삶의 종지부를 찍는 것이 아니라 매 순간 내가 나를 죽이며 산다. 잘 산다는 것은 잘 죽는다는 것, 잘 죽었다는 것은 잘 살았다는 것! 결국, 내가 나를 잘 죽이는 것이 내가 잘 사는 법이다. 그런데 죽으려는 나는 어디에 있고, 죽을 나는 또 어디에 있는고? 죽으러 오는 도시 바라나시에선 그 모든 것이 허망하다.

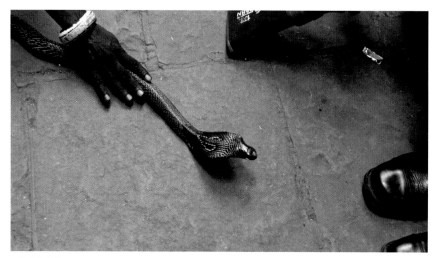
고돌리아 골목

위험은 언제나 도사리고 있다. 하지만 믿는다면 두려움은 사라지는 법.
두려워하면 갇혀버린다. 잃어버린다. 놓쳐버린다.

그 무엇에 중독된다는 것, 그리 나쁜 것만은 아니겠지만
인간에 대한 중독이 가장 무섭고 조절 불가능이다.

매 순간의 연속인 지금은 시작과 끝의 자리이기도 하다.
하지만 바라나시에서는 그 지금을 놓치게 된다.
그곳에서는 그 지금이라는 순간이 너무도 길기 때문이다.

바라나시에서 10년 이상을 살게 되면
그 느림의 시간중독에서 헤어 나오질 못한다.

움직이지 않는 여행자! 마음만 떠다닌다.

고돌리아 골목

화려하면서도 색 바랜,
혼란스럽고 무분별하면서도 질서가 흐르는,
신비로우면서도 본능적인,

가벼운 듯 무겁고, 어지럽듯 정돈되고,
어려운 듯 쉽고, 사라지는 듯 드러나는,

가장 진솔하고 친숙하게 다가오는 의식들 속에서
생을 마감하면서도 해탈에 이르는,

삶과 죽음의 교차점인 그곳이 그리운 것은
나 자신이 혼돈 덩어리이기에 카오스(Chaos, 혼돈) 속에 있을 때
가장 편하게 묻혀 버리고 안주할 수 있었기 때문이었는지도 모른다.

대은시중(大隱市中)!
진정한 은자는 저잣거리에 숨어 있다.

바나라스 대학교

뜨겁게 열정으로 나를 데워 본 적이 있었던가.

아주 크고 우묵한 가마솥이 서서히 달궈지듯,
영혼의 가마솥에도 서서히 달아오를 땔감이 필요하다.

나는 그대를 우리는 찻물이 되고프다.

그대의 깊은 내면의 향을 우리는
그렇게 뜨거운 찻물이 되고 싶다.

그렇게 어우러져 향기로운 차향으로 승화되어
함께 동행하고 싶다.

빨랫감은 빨면 다시 깨끗해지는 것. 때가 묻었다고 옷을 버릴 수만은 없는 것. 빨래는 다려야 주름이 펴지듯, 그렇게 삶도 다려지는 법. 그래야 반듯해진다.

훈습(薰習)을 떨쳐버리는 일은 널어 말리는 일밖에는 없다. 인내와 각고의 시간이 지나면 스스로 정화되리라.
그렇게 침잠한 곳을 벗어나 맑은 하늘 아래 널브러져 말려야 할 이즈음이다. 그래, 종지부를 찍으리라. 저 무저갱(無底坑)에 앙금으로 남아 있는 억압된 감정의 침잠한 찌꺼기들을 한꺼번에 삼켜 소화해 버리리라.

정화된 가슴으로 부여안고 갈 앞날이 비록 서럽게 도사리고 있을지라도, 아바돈(ābaddōn)에 머무는 것만은 스스로 용납해서는 안 되리라.

어제의 누군가에겐 절실했던 오늘의 햇살이건만, 가슴이 시리다. 냉하고 침침한 내 마음도 널어 말린다.

앗시 가뜨

앗시 가뜨

주는 것 없이 미운 이가 있다.
다 주고도 더 주고 싶은 이도 있다.

미망하고 미천하여 가진 게 없으니
가까운 사람에게조차도 주고 싶어도 줄 수 있는 게 없다.
돌이켜 보면 받은 게 너무 많아
갚을 업(業)은 많이 짊어지고 있음에
업(業)만은 누구 못지않게 부자이다.

지천명이 지나서도 제대로 베풀고 나누어 주지 못하고
나 자신의 삶에만 허덕이는 걸 보면
인생을 잘못 살았나 보다.

드러내는 것이 아니라 저절로 드러나는 그런 인연이 그립다.

그대는 하늘이다.
그 외의 모든 것은 날씨일 뿐이다.
제 현상과 인연법에 끌려다닐 이유가 없음이다.

빈 배처럼 바람이 부는 대로,
물이 흐르는 대로 흘러가면
부딪혀도 자유롭게 다시 흘러가게 된다.

그것은 텅 비어 있기에 자유로울 수 있다.

내 몸과 마음도 빈 배만 같으면
누구와 부닥쳐도, 어떤 문제가 닥쳐도 자유로울 수 있다.

강가(Ganga)

강가(Ganga)

한낱 스쳐 가는 바람도 청량한 바람을 가져다주건만,
우리네 스쳐 가는 인연은 서로에게 그 무엇을
남겨 놓고 가는 것일까.

나의 간절한 소원은 그대의 소원이 이루어지는 것뿐이다.
누군가에게 받는 이보다는 주는 이로 남고 싶다.

인도라면 당연한 사진인 것 같은 풍경!

코브라는 피리 소리의 음률에 따라
몸을 이리저리 춤추듯 움직이는 것이 아니다.
꾼달리니의 표상인 코브라는 진동과 떨림과 피리의 움직임에 따라
삼각형 머리를 좌우로 움직인다.

하지만 듣지 못하고, 보지 못하면서도
제멋대로 움직이는 이가 참 많다.

나도 제멋대로 움직이는 걸 보니
아마도 눈, 귀 다 막고 살고 있나 보다.

흔들리는 모든 것은 중심을 잡고 있는 것이라 했던가.

앗시 가뜨

연줄을 놓지 못하고 있다. 애욕은 저리도 질기다.
사랑하는 사람은 못 만나서 괴롭고, 미워하는 사람은 만나서 괴롭다.

그렇게 돌아앉아 나를 놓아버린 임이시지만,
다시 고개 돌려 신고서 발병 나지 않기를 바라며,
그 자리에서 움직이지도 못하고 말없이 기다린다.

사랑의 애절함과 기다림은 그 사람을 그리움에 '빙의' 들게 한다.
우리 눈에는 애잔함과 안타까움으로 보일는지 모르지만,

누군가를 그리워할 수만 있다면
그것은 축복이며 더 행복한 사람은 없을 것이다.

강가(Ganga)

마니까르니까 가뜨(화장터 입구)

삶의 여정은 흐르는 물처럼 되는 것.

한 번 발을 담근 흐르는 강물에는
두 번 다시 발을 담글 수 없음처럼,
매 순간 찰나만이 이어질 뿐이다.

죽지 않을 것처럼 살더니,
살았던 적이 없었던 것처럼 죽는 것이 인생사일 터이니.

요가철학에 있어서 일반적인 오류를 범하는 네 가지 경우

1. Astika이다보니 Īśvara를 인격적 신으로 오인하는 오류 _ Īśvara는 개별적 Puruṣa와는 다른 특수한 Puruṣa일 뿐, 인격적 신처럼 개별적 Puruṣa를 제어하거나 컨트롤 할 수 없다.

2. citta의 vṛtti를 멈추어 소멸해야 하는 것을 citta를 소멸해야 하는 것으로 오인하는 오류 _ citta는 그 vṛtti가 소멸되면 본래의 Prakṛti로 귀의하게 되는 것이지 사라지는 것이 아니다. 파도가 사라지는 것이 아니라 다시 바다로 회귀하는 것처럼.

3. citta는 보이는 대상인데 바라보는 자로 오인하는 오류_ citta는 보이는 대상인 Prakṛti의 전변일 뿐이기에, 바라보는 자인 Puruṣa가 아니다. 바라보는 자가 아닌 보이는 대상일 뿐이다.

4. Yoga를 '결합'으로만 해석하고 '분리(viyoga)'로 해석하지 않는 오류 _ 요가의 궁극은 결합이 아니라 viyoga(분리)로서, Prakṛti인 citta와 Puruṣa의 분리가 이루어질 때, 진정 스스로의 본모습으로 존재케 된다. 즉, citta의 vṛtti가 nirodhaḥ 될 때, 그때를 삼매(三昧, Samādhi)라고, citta는 Puruṣa와 분리된다.

몬순 우기에 범람하는 강가는 도심 지역인 고돌리아 골목까지 흘러든다.

낮에는 소판이고 밤에는 개판이다. 바라나시의 거리는 그렇게 함께 공유된다. 부처님도 거닐었을 소로엔 우마차가 지나갈 듯하다.

포구에 서면 멀리 떠나고 싶고, 떠나 있으면 포구로 돌아와 정박하고 싶고. 마음이란 그렇게 간사하다. 배가 입항하든, 출항하든 포구는 제자리에서 묵묵히 아무런 미련 없이 배들을 떠나보내고 맞이한다. 마음 또한 그리해야 평정심과 부동심으로 유지할 수 있다.
포구는 내면에 잠재되어 있는 모든 것이 깨어나는 곳이다. 나도 그 누군가에게 여여(如如)히 변함없이, 한 자리에서 움직이지도 않고 서 있을 수 있기를 바라본다.

누군 떠나고, 누군 머문다.
삶이란 준비만 하다 마는 것이 아니다.

강가(Ganga)

강가(Ganga)

빛은 반사체에 의해 그 빛의 존재성을 드러낸다.
나의 존재성도 타인에게 비친 나의 이미지의 반영에 의해 드러난다.

한 줄기 희망의 빛이 내게 비치는 한,
내가 서 있는 그 어느 곳에서나 나의 존재성은 가치가 있다.

실체보다 현상이 더 아름다워 보이는 것은
우리의 존재가 현상적 존재에 머물고 있기 때문이다.

바다에 흘러들어 간 강물은 바다인가, 강물인가.

강물이 바다에 흘러들어 가는 순간, 강물은 더 이상 강물이 아니라
바다가 되기에, 강물은 자기를 주장하지 않는다.

강물이 바다가 되기 위해서는
바다를 향해서 유유히 흘러가기만 하면 된다.
스스로 '나'라고 하는 아상(我相)만 놓으면 되는 일이다.

실체적 존재와 현상적 존재 사이에서
그저 흐르는 대로 배에 몸을 맡기다.

강가(Ganga)

앤소니 드 멜로 신부님은 〈일분 헛소리〉 중에서 밑천도 없고, 가망도 없는데, 바라지도 않는 사람이 가장 행복한 사람이라고 하였다.

그런데 밑천도 있고, 가망도 있는데도 불구하고, 심지어 욕심과 갈망으로 바라기까지 하는 나는 행복과는 멀어져만 가고 있다. 안분지족(安分知足)하는 삶이 행복 그 자체임을 언제쯤이나 체득할지.

무소유란 가지지 않는 것이 아니라, 소유하되 가진 것에 대한 집착을 놓는 것이다. 그저 흐르는 대로 놓아두는 것, 잡지 않는 것, 떠나보내는 것이다.

사람의 마음을 얻는 것보다 어려운 일은 없다. 사람의 마음을 떠나보내는 것은 더욱 어렵다. 소유하려는 집착만 놓으면 될 일이다. 하지만 애착과 탐심이 걸림돌임에.

가는 이 잡지 않고, 오는 이 막지 않아야 할 일이다.

고돌리아 골목

강가(Ganga)

마음!
세를 내지 않아도 머물 수 있는
가장 넓은 집.
하지만 언제나 변화무상하기에
영구히 편히 머물 수는 없는 집.

신전이 물에 잠기다.
그래도 신심(信心)은 잠기지 않을 터.

마음이 머무는 곳이 성지이니
어딘들 성지가 아니랴.

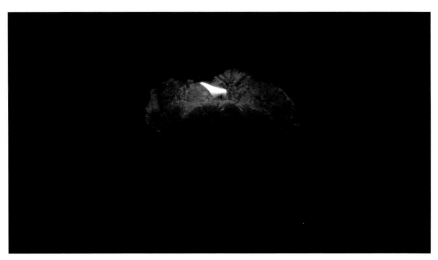

강가(Ganga)

그대를 향한 그리움을 강물에 띄워 보내다.
돌아 돌아가더라도 흘러가 곧 닿으리라.
그대를 향한 그리움을 창공에 띄워 보내다.
흩어져 산화되어도 떠돌다 곧 닿으리라.

행여 떠돌다 닿지 않으면 또 어떠하리. 그리움이 넘쳐흘러 설렘이 되고 있으
니, 강가에서의 기다림은 설렘이다.

배낭을 메고 방랑의 여행을 하다 보면 다들 무엇인가를 얻어가야만 한다고
생각한다. 가지고 있던 것조차 다 내려놓고 와야 하는 것인데, 그렇게 내려
놓고자 가야 하는 것인데. 순례란 그런 것이다.
내 몸과 마음이 신전이기에 성지란 이미 나의 내면에 있는 곳이다.
결국, 성지순례란 나를 정화하는 여정인 것이다.
방랑의 여행도 그렇다. 나를 정화하는 여정이다.

앗시 가프

라디오의 주파수가 맞지 많을 때는 "지지직"거리는 잡음만이 들린다.
그러다 다이얼을 맞추다 보면 어느 순간 명료하게 소리가 들리게 된다.

수행이란 아마도 라디오의 주파수와 같을 것이다.
항상 명료하게 선정에 들지 않더라도
꾸준히 정진하다 보면 명료히 선정에 드는 때가 있는 것이다.

인내로써 정진하는 것만이 해결방법이다.

"웬 똥이야?"라기 보다 "아이고, 똥 꿈이다!"가 정신적 건강에 이로울지도 모른다. 내 몸속에 있을 땐 안 더러운 것으로 여기지만, 나오면 더러운 것으로 취급되는 것. 내 몸속에 있을 땐 노폐물, 나오면 오물. 사실은 동일한 것을 왜 다르게 보는 것인가? 분별심(分別心) 때문이다.

인도인들은 소똥을 손으로 모아서 벽에 붙여 말린 후, 다시 손으로 떼어서 밥할 때 연료로 쓴다. 하지만 인간의 인분은 사용하지 않는다. 인간의 인분

은 그 악취와 더러움이 소똥과는 비교할 수 없을 정도로 지독하다. 그것은 인간의 몸과 마음이 그만큼 탁하고 섭취하는 음식에 독소가 가득하기 때문이다. 자기 뱃속에는 온갖 더러운 똥오줌과 피고름과 세균 덩어리를 가지고 있으며, 마음속에는 탐진치(貪瞋癡)의 삼독과 탁한 기운과 온갖 번뇌를 다가지고 있으면서도, 밖으로 나오면 더럽다고 혐오스러워하니 겉과 속이 한결같은 진실 된 이가 잘 없다. 소똥을 바라보며 비움의 철학과 채움의 철학

을 소처럼 되새긴다.

소는 버릴 것이 하나도 없다고 인도인들은 소 찬양론을 편다. 살아서는 운송수단과 경작의 노동력을 공급하고, 젖으로는 사람에게 영양을 공급하며, 똥은 땔감 연료로도 쓰이고, 벌레를 막아주는 효과가 있어 마당 바닥에는 바르고, 벽에 붙여 말리면 더위를 식혀주는 효과가 있다. 죽어서는 가죽과 고기를 남기니 그럴 수밖에 없다. 또한 쉬바 신의 자가용이 소이니 종교적으로 숭배의 대상이라 죽이지도 않으니 길거리엔 수소들이 어슬렁거릴 수밖에 없다. 하지만 인도의 공해의 주범은 공장의 폐수와 자동차의 매연, 나무 땔감뿐만 아니라 소의 분뇨도 한 몫 거든다. 그들이 먹어대는 풀의 양은 어마어마해서 인도의 초원지대가 사라지는 주원인이기도 하다.

인도에 계신 스승님의 아슈람에 들어갈 때는 신발을 벗고 들어가야 하는데, 바닥에는 소똥이 얇게 발라져 있다. 해충들의 침입과 바닥의 지열을 방지해준다고 한다. 붓다도 '소 예찬'을 하면서 소는 하나도 버릴 것이 없다 하셨는데, 소의 마지막 분비물까지도 인도인들은 유용하게 쓰고 있는 것이다.
인도는 본능이 부끄럽지 않은 곳이다. 단지 보는 눈이 부끄러울 뿐이다. 그저 그러하게 사는 것이 본능적인 것인데, 우리네 삶이 그렇게 살도록 그냥 내버려 두질 않는다. 남의 눈치 보느라, 내 체면 챙기랴, 그냥 널브러져 본능적으로 지내는 것을 남이 그리고 자기 자신 스스로가 용납하지 못하는 세상이다. 본능이 부끄럽지 않은 세상은 도처에 그대로 존재하고 있겠지만, 그러지 못하는 우리의 아집(我執)이 그것을 보지 못하도록 눈을 가린다.

바나나 껍질을 벗겨 '비움의 소똥' 위에 버리듯, 나의 아상(我相)과 아집(我執)이라는 껍질도 그렇게 쉽게 벗겨 버려야 하리라.
그 '비움'과 '버림'을 아무런 마음 작용 없이 단지 바라보라.

강가(Ganga)

자연의 색은 누구도 똑같은 색으로 따라 그릴 수 없다.
아름다움의 본질은 신비로움이기도 하다.

인간의 마음도 그러하다.
그릴 수도 지울 수도 없다.

어쩌면 신비롭게 알 수 없는 마음을 가진 인간이기에
자연보다 더 아름다울지도 모르는 일이다.

신비로움이란 늘 보는 것과는 다른 체험이며,
세상을 다르게 보게 하는 것이며, 때론 낯설게 만들기도 한다.

그러하기에 '신비로움'은 아름다움의 본질이기도 하다.

앗시 가뜨

바람은 꽃의 향기를 싣고 어디로든 갈 수 있다.
그래도 꽃의 향기와 바람은 서로 섞이지 않는다.

물속에 사는 새는 물속에서 살지만,
그들의 깃털은 언제나 말라 있다.

진흙 속에서 자라면서도 연꽃은 청결하고 고귀하게 핀다.
미꾸라지는 진흙탕 속을 살아가면서도 자유롭게 움직인다.

이와 같이 세상 속을 살아가지만,
세상의 풍파에 섞이지 않고, 세상이 어떻게 할 수 없는,
그로부터 자유로운 이가 있다.

우리는 그런 이를 진정한 성자라 한다.

사르나트(녹야원)

사르나트는 부처님이 처음으로 법을 전하신 초전법륜지이다.
깨달음의 진리의 수레바퀴를 굴리시다.

보드가야는 부처님이 깨우치신 정각지이다.
하지만 아무리 귀한 깨달음도 본인만 가지고 있다면 소승이다.
깨달은 바를 타인에게 나누어 준 그 시발점이
초전법륜지이기에 대승의 시작이 된다.

붓다의 초전법륜지에 들어서니 붓다의 가르침이 들리는 듯하다.

사르나트(녹야원) 가는 길

고개를 숙이고 허리를 굽혀야
얻을 수 있는 것.

하심(下心)이란 그런 것.

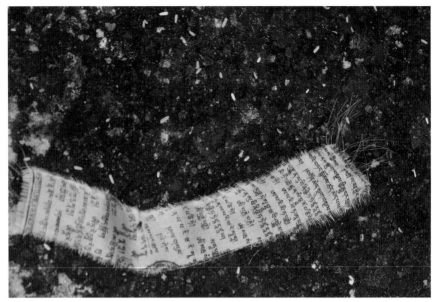

사르나트(녹야원)

경전이란 이렇게 바람에 날려 흩어져야 들리는 법.
머물면 갇혀버린다.

인도인들에게는 종교=철학=삶이다.

힌두인은 힌두교도로 태어나 힌두 철학을 가지고 힌두인의 삶을 산다.
불교인은 불교도로 태어나 불교 철학을 가지고 불교인으로 삶을 산다.
카스트 제도에 의해 태생으로 인한
정해진 삶을 벗어나기가 어렵기 때문이다.

하지만 어떤 철학과 종교를 가지고 삶을 살든 간절한 기원만큼은 유사하다.
어떤 길을 택하든 산의 정상은 하나다.

사르나트(녹야원) 입구

I love you just the way you are.

상대를 있는 그대로 사랑하고 인정하기란 나를 놓지 않고서는 어려운 일이다. 나를 주장하고 내세우는 에고에는 상대를 있는 그대로 받아들일 수 있는 빈 공간이 없기 때문이다.

누군가가 나에게 욕과 비방의 잔칫상을 차려도 내가 그 잔칫상에 손도 대지 않고 먹지 않는다면 차린 사람이 다 먹어야 할 터.

구업(口業)은 결국 부메랑이 되어 스스로에게 돌아온다.
마음의 작용을 멈추는 것(citta vṛtti nirodhaḥ)만이 최선의 대응책임을.

사르나트(녹야원)

절(寺)은 절을 잘해야 절(寺)이 절로 돌아간다고 한다.

모든 생명에게 나를 낮추는 최고의 몸짓이
티베트 불교 신자들의 오체투지(五體投地)의 절이다.
나에게 하심(下心)으로 살라 한다.
살얼음 같은 삶에 겸손할 수 있도록,
나를 낮추어 대지에 오체투지 한다.

무릎을 꿇고 고개를 숙일 수 있는 용기는 가장 굳센 강함이며,
자기를 낮추는 하심(下心)과 겸손이며,
자기의 죄와 허물을 참회하는 참모습이다.
나를 낮출 때 오히려 나의 존귀함이 드러나는 법이다.

하심(下心)은 아름답다.

"어느 곳이나 존재하는 당신이지만, 그럼에도 나는 이곳에서
당신을 경배하고 있습니다.
형상을 초월하는 당신이지만, 그럼에도 나는 이 형상들을 통하여
당신을 경배하고 있습니다.
찬송이 필요 없는 당신이지만, 그럼에도 나는 이 찬송가를 통해
당신을 찬송하고 있습니다.
신이시여, 인간으로서의 나의 이 세 가지 죄를 용서하소서!"
— 아디 샹까라짜리야(Ādi Śaṅkarācārya)

열반당(Mahaparinirvana Temple)

아잔따 석굴에 있는 붓다의 열반상과는 그 느낌이 사뭇 다른 꾸쉬나가르의
열반상이다. 그 앞에 서면 가슴이 먹먹해진다. 인간적인, 너무나 인간적인
평온한 적멸(寂滅)이다.

대부분의 스님들께서는 붓다가 성불하신 보드가야에선
기쁨이 넘치는 활기찬 모습들을 보이신다.
그런데 꾸쉬나가르 열반당에서는 모두 통곡을 하신다.
다 같은 참회의 마음인가?

참회의 눈물은 존재의 근원을 정화시킨다.

마하가섭 존자가 당도하기 전까지 두 발을 내놓고
옆으로 누워 기다리신 붓다의 열반상 앞에 서니,
부끄러움도, 반성도, 사과도, 참회도 않고
모르쇠로 점철하는 이들이 넘쳐나는 작금의 세태가 더욱 부끄럽다.
열반당 뒤쪽에는 평생 동안 부처님의 시봉이었던 아난 존자(Ananda)의 봉
헌탑이 있다. 그는 죽어서도 부처님 곁을 지키는 시봉이 되었다.

인도 방랑 7

웃따라칸드 Uttarakhand 찰나의 명상

요가와 명상수행의 본고장 & 대자연의 경이로움

북부의 국가라는 뜻인 웃따라칸드는 히말라야의 초입에서 트레킹을 즐기고, 요가 수업과 래프팅을 즐길 수 있는 리씨께쉬, 멜라가 열리는 하리드와르, 호랑이 보호구역인 꼬르베뜨에서 대자연의 경이로움을 즐길 수 있는 곳이다. 강가의 발원지인 가우무크에서 빙하를 둘러보고자 하는 힌두 순례객들이 넘쳐나는 곳이다. 정신수련을 하기 위해 모여드는 최적의 장소이다. 아슈람에 머물며 한동안 자기 자신을 돌아보는 시간을 가져보자. 주요 도시는 리씨께쉬, 하리드와르, 무수리, 데라둔 등이다.

리씨께쉬(Rishikesh, Ṛṣikeś) 히말라야의 초입 도시이며 영적인 것을 추구하는 자들의 이상향인 리씨께쉬(Rishikesh)는 요가 & 명상 아슈람들이 즐비하다. 개인적인 견해이지만 히말라야 설산에서 추운 겨울에는 수행하기가 힘들어 동안거를 위해 하산한 많은 수행자들이 모여들기 시작하면서 요가 수행의 중심지로 형성된 것으로 보인다. 순례자, 여행객들이 서로 옷깃을 자연스럽게 스쳐 가는 인연법이 상존하고, 요가수행뿐만이 아니라 히말라야 트레킹과 래프팅도 즐길 수 있는 곳이다. 리씨께쉬(Ṛṣikeś)라는 뜻 자체가 '성자들의 도시'라는 뜻이지만, 지금은 뉴에이지풍의 레스토랑과 외국 여행객들로 가득 차 있다. 밤이 되면 강가에서 진행되는 뿌자와 아라띠 의식이 볼 만하다. 락슈만 줄라, 13층의 스와르그 니와스 사원, 마하리쉬 아슈람, 스와르그 아슈람, 빠르마르트 니께딴 아슈람, 쉬바난다 아슈람, 요가 니께딴 아슈람, 강변을 따라 걷는 산책로 등이 가볼 만한 곳이다.

하리드와르(Haridwar) 성스러운 강가가 발원되는 가우무크 빙하트랙에서 강고뜨리, 리쉬께쉬를 거쳐 하리드와르로 흐르기에 영혼을 정화해주는 강가에 목욕하러 오는 순례자들로 붐비는 곳이다. 해마다 마그 멜라와 12년마다 꿈브 멜라가 열리는 곳이다. 매일 저녁 강가 아르띠(Ganga aarti, 행운을 빌며 촛불과 등불을 켜는 힌두 종교의식)가 열리며 비슈누 신의 불로장생주가 떨어진 장소인 하르 끼 빠이리 가뜨, 만사 데비 사원과 짠다 데비 사원 등이 가볼 만한 곳이다.

무수리(Mussoorie) 히말라야의 설경을 감상하며 휴식을 취할 수 있는 웃따라칸드 주의 최고의 휴양지로 각광을 받는 곳이다. 설경의 봉우리들을 감상할 수 있는 건 힐, 무수리의 멋진 경치를 감상하며 도보 트레킹을 할 수 있는 베노그 힐 등이 가볼 만한 곳이다.

리씨께쉬 락슈만 줄라

석회질이 가득한 강가의 물살이 장강이 되어 흐른다. 많은 순례자들과 수행자들의 성소는 세월이 흘러도 그렇게 유유히 흐르고 있었다.

바다도 물이고, 바다에 흘러들어 간 강물도 물이고, 강물에서 떠낸 한 양동이의 물도 물이듯이, 나타난 모습(色)과 이름(名)만 다를 뿐이다.
수많은 지류의 강들이 결국 바다에 흘러들어 가듯, 각자의 모습과 이름을 가진 강들을 안타깝게 애쓰며 이끌지 않아도, 그들은 어차피 한 곳으로 흘러들어 '바다'라는 같은 이름으로 융화되어 하나가 된다.
그저 흐르도록, 그러하게 있는 그대로 놓아두고 바라보고만 있으면 된다.

물을 서양인은 'water'로, 중국인은 '水', 화학자는 'H_2O', 인도인은 'jala'라 하듯이, 한 대상을 다만 다른 이름으로 부를 뿐이다. 그 말 많고 벗어난 다른

모습과 이름을 지닌, 나와 다른 이들의 천만 가지 모습 또한 그러하다. 그저 바라만 보자.

다만 나와 다른 모습과 이름을 지녔을 뿐 틀린 모습은 아닐지니. 꽃잎이 물길에 그저 몸을 맡겨 흘러가듯, 서로 하나가 된다는 것은 애쓰며 이끌지 않고 그저 흐르도록 놓아두는 것(Let it flow, let it be)!

눈물도 물이니, 결국 바다로 흘러든다. 그래서 바다는 짜다.

리씨께쉬, 빠라마하뜨 아슈람

무지갯빛이 쉬바(Śiva) 신을 둘러싸 안고 있다.
빛은 쉬바(Śiva) 신(神)의 머리 위에도
중생의 머리 위에도 차별 없이 내비친다.
그것이 평등심이고 공평함이며, 분별없음이다.

깨달음이란 저 멀리 어딘가로 가서 획득하는 것이 아니라,
진리란 언제 어디서나 그렇게 드러나 있다.
다만 스스로 눈을 감고서 보이지 않는다 할 뿐이다.

진리는 발견하는 자의 몫이다.
바로 지금 여기에서(Here & Now), 마음 작용 없이,
스스로 그러하게 존재(Being) 하는 것이다.

리씨께쉬 강가 언덕

붉게 타는 기다림으로 우체통이 언제나 그 자리에 있다.
늘 그 자리에서 눈이 오나 비가 오나 붉은 가슴 저미며,
등 돌리지 않고 일편단심으로 기다리는 이.

나도 그런 우체통이고 싶다.

"기다림에 익숙하고, 기다림이 나의 숙명이기에,
기다릴 때 난 설레며, 그 기다림이 내겐 행복이어라."
– 어느 방명록에서

하리드와르 강가

만물유전(萬物流轉)!

흐르는 시냇물에 한 번 담근 발을 다시 담글 수는 없다.
하지만 사진으로는 물의 흐름도 찰나(刹那)로 멈출 수 있다.
흐름은 찰나(刹那)들의 연속!
즉, 찰나라는 '순간 멈춤'의 연속이 흐름이다.

그것을 법(法)이라 한다.
법(法)은 물 '수(水)'자에 갈 '거(去)'이니,
물이 흐르는 것처럼 흘러가는 것이 법(法, 진리, 진실)인 것이다.
만물과 제 현상은 영원한 것이 없고,
그 찰나의 흐름만이 존재한다는 무상(無常)의 진리이다.

무수리 베노그 힐

욕구하고, 갈구하고, 집착한다고 내 것이 되는 것은 아니다.
그림의 떡은 엄연히 나와는 상관없이 존재하는 것이다.
만나야 할 사람은 언제 어디서든 반드시 만나는 것이겠지만,
만나지 않아도 늘 곁에 있는 존재로
가슴과 함께하는 이도 있다.
세파로 가로막혀 혹여 만나지 못해도
아련히 그리움 속에 있어.
눈을 감으면 보이는 사람도 있는 것이다.

함께하는 의식의 공유만큼 더 큰 희열은 없다.
보이지 않는 곳에서나마 서로의 존재를
여여(如如)히 향기롭게 맡아본다.

꼴까따 Kolkata, 캘커타 찰나의 명상

화려함과 누추함이 공존하는 도시

City of Joy인 꼴까따(Kolkata, 캘커타)는 벵골의 수도로서 화려함과 누추함, 부귀한 도시와 궁핍한 슬럼가, 지성과 문맹, 영국 식민지 시대의 유적과 현대적 문명이 동시 공존하며, 노벨문학상 수상자인 시인 라빈드라나트 타고르와 수행자이며 철학자인 라마끄리슈나가 태어난 곳이다.

빅토리아 기념관, 인도 박물관, 마더 테레사의 마더 하우스, 성 요한 교회, 달후지 광장, 후글리 강둑, 깔리가뜨, 닥쉬네스와르 깔리 사원, 타고르 하우스 등이 가볼 만한 곳이다.

마더 테레사 시아상

"가진 것 중에서
제일 좋은 것을
주어라."
– 마더 테레사

진정한 보시(報施)란
그런 것이다.

후글리 강둑

자연(自然)이란 '스스로 그러함'이다.
인간(人間)도 '스스로 그러하게' 존재하면 자연(自然)이 되지만,
스스로 그러하게 존재하지 못하는 이유는
인간(人間)이란 '사이(間)'에 사는 존재이기 때문이다.

우리네 마음이 자연과 '사이(間)'를 놓고 존재하고 있기에,
그 이원성(二元性)으로 인해 자연(自然)스럽지 못하고
부자연(不自然)스럽게 되었다.

자연(自然)과 인간(人間)이라는 이원성(二元性)의
그 마음의 '사이(間)'를 없애면 자연(自然)이 되는 건 간단한 일이다.
함께 한다는 것은 닮아 간다는 것이다.

자연이 스스로 그러하게 존재하는 것은
우주의 법칙을 거스르지 않고 따르기 때문이다.
자연은 그 법칙을 따라 행하지만,
인간은 그 법칙을 거스르는 인위적 법을 만든다.

모든 인위 중 가장 견고한 인위란 우주의 법칙을 거스르는 것이다.

인도 방랑 9

벵골 서부 West Bengal 찰나의 명상

평화로운 숲 속의 정원

벵골만 삼각지와 갠지즈 평야의 논 등으로 비옥한 대지를 일군다. 히말라야 산 봉우리와 차 농장이 있는 산악 피서지이다. 부탄과 시킴, 네팔, 티베트 문화를 경험할 수 있는 곳이다. 세계에서 가장 울창한 숲인 맹글로브에는 물총새와 벵골 호랑이 등이 서식한다. 인도 문화의 르네상스의 발상지이며, 타고르의 대학이 있는 샨띠니께딴이 있다. 주요 도시로는 샨띠니께딴, 다르질링 등이다.

샨띠니께딴(Shantiniketan) 노벨문학상 수상자였고 예술가이자 시인인 라빈드라나트 타고르가 1901년 비스와 바라띠 대학교(Visva Bharati University)를 세운 곳으로 예술 분야의 학과가 세계적으로 유명하다. 샨띠니께딴(Śantiniketan)은 벵골어 '평화(Śanti)'와 '거주(niketan)'라는 의미처럼 인간이 자연과 함께 평화로운 숲 속의 정원에서 공존하는 곳이다. 샨띠니께딴 벽화, 타고르 기도홀, 박물관과 미술관 등이 가볼 만한 곳이다.

다르질링(Darjeeling) 시킴의 쵸갈 소유의 영토였던 다르질링(Darjeeling)은 히말라야의 봉우리가 솟아 있는 구릉지대(丘陵地帶)의 휴양지로서 차 재배지가 가파른 산에 넓게 퍼져 있다. 좁고 가파른 골목에서 차 한 잔 하는 여유를 즐길만한 곳이다. 히말라야 산봉우리 중 칸첸종가 전경을 볼 수 있는 타이거 힐, 협궤열차, 차 농장, 도르제 링 사원이 있는 전망대 언덕, 부띠아 부스띠 곰빠, 티베트 난민 자활센터 등이 가볼 만한 곳이다.

라빈드라나트 타고르(Rabindranath Tagore)가 세운 비스와 바라띠(Visva Bharati) 대학 주변 마을 숲 속에는 많은 연못과 습지들이 있는데, 칠흑 같은 어두운 한여름 밤이면 셀 수 없이 많은 반딧불이가 큰 나무 전체에 앉아 빛을 발한다. 마치 크리스마스트리가 불을 밝히듯 아름답다. 그런데 주변이 너무 어두워 불을 밝히는 순간 그 반딧불이의 초록빛 아름다움이 사라지고 만다.

밤하늘의 별빛과 달빛도 주위가 어두워져야 제대로 보인다. 어두워야 오히려 별빛이 쏟아져 들어오는 것을 방해하지 않고 온전히 별빛을 바라볼 수 있다. 밝은 불빛이 오히려 반딧불이의 빛의 아름다움을 차단하듯, 나라는 아상과 에고의 불꽃이 진리의 빛을 가로막고 있다.

진리의 빛이 그대의 깊은 내면으로 뚫고 들어오도록 에고의 작은 불꽃을 끄고 어둠으로 침잠하라.

다 마시리라

끽다거(喫茶去)!

언제나 그 자리에 존재하는 것만으로도, 그저 바라봄으로도,

삶의 향기와 사람의 향기는 느껴지는 것이다.

남을 먼저 생각하는 마음 냄이 이타행(利他行)이고,

그 이타행이란 자기 희생적 보살심이 없다면 불가능한 일이지만,

그래도 부메랑처럼 날아와 자기 자신의 존재성을 흔들게 된다면,

잠시 호흡 고르며 일일이 마음 쓰지 않으며 차 한 잔 나누며,

그저 있는 그대로의 나를 바라봐줄 한 사람만이라도 존재한다면

나의 삶은 충만감으로 만족되고 아름다운 것이다.

"오직 모를 뿐의 마음으로, 단지 할 뿐!"

I wish you, all the best

비하르&자르칸드 Bihar & Jharkhand 찰나의 명상

사원과 전통의 유적이 있는 곳

불교도들의 최고로 꼽는 순례성지가 모여 있는 곳이다. 붓다가 정각을 이룬 보드가야와 고대 최대 규모의 대학인 날란다 대학, 왕사성인 라즈기르, 아쇼까 석주의 원형이 그대로 남아 있는 바이샬리 등으로 세계 불교도들의 순례지가 도처에 있는 곳이다. 또한, 숲과 폭포로 둘러싸인 자르칸드는 자이나교 순례지로 유명하다. 하지만 인도에서 가장 가난한 주로서 부패와 부조리가 만연되어 있다. 주요 도시로 보드가야, 라즈기르, 날란다 등이 있다.

보드가야(Bodhgaya) 붓다가 보리수나무 아래에서 깨달음을 얻은 정각지이다. 세계의 불교 순례자들의 순례지로 영적인 불교 유적지다. 보드가야의 마하보디 사원이 유명하다.

라즈기르(Rajgir) 붓다가 하안거를 하던 죽림정사와 제자들에게 설법을 한 영취산이 있고, 자이나교의 마하비라가 머물던 곳이다. 영취산, 죽림정사 등이 가볼 만하다.

날란다(Nalanda) 5세기에 건립된 세계적인 불교대학 유적이 있는 곳이다. 대학 유적과 고고학 박물관 등이 가볼 만한 곳이다.

50m 높이의 이 사원은 오랜 세월 흙으로 덮여 있었다 한다.
그래서 오랫동안 발견되지 않아
다른 사람들의 훼손을 방지할 수 있었다 하니,
역사의 아이러니이다.

성전은 흙 밖이 아니라 흙 안에 있었다.
밖으로가 아니라 안으로 파고들 때 성전은 그 모습을 드러낸다.
귀중한 보물은 밖으로 드러나 있는 것이 아니라 안에 숨겨져 있다.

스펙(Spec)은 영어의 Specification을 줄인 말이다.
원래의 뜻은 제품의 '설명서, 사양' 등을 의미하지만,
자신이 확보할 수 있는 외적 조건의 총체를 스펙이라고 부르기도 한다.

모두 스펙을 쌓는데 여념이 없다.
스펙을 쌓는다는 것, 격려할 일일 것이다.
그런데 내면적인 스펙은 어떻게 쌓을 수 있으며,
그 내면적으로 쌓인 스펙은 누가 어떻게 확인할 수 있겠는가?

부처님도 승려증이 없으셨고, 예수님도 목사증이 없으셨다.
그래도 최고의 현인들이 되셨다.

룽따(Lungda, 바람의 말, Wind Horse)!

티베트 경전을 한 조각의 천에 써놓다.

룽따는 긴 장대를 세우고 오방색의 사각형 천에 경전을 적어 깃발(타르쵸그, Tharchog)로 매단다. 오방색은 우주의 5원소와 방위를 의미한다. 노란색은 중앙과 황토의 땅을, 파란색은 남쪽과 푸른 하늘을, 녹색은 북쪽과 초원 또는 물을, 흰색은 동쪽과 흰 구름을, 빨간색은 서쪽과 불 또는 태양을 상징한다.

결국, 온 우주의 모든 존재와 멀리 세상 모든 이들에게 부처님의 진리 말씀이 바람에 실려 널리 전해지기를 염원하는 마음으로 바람의 말(Lungda)이 자신들의 바람을 신께 전해 주길 기도하는 것이다. 이타행(利他行)의 공덕심의 발로이다.

그런 고귀한 의미의 오방색을 한국의 누군가가 그 의미를 몽매(蒙昧)하게 훼손하였으니 참 부끄러운 일이다.

연꽃은 진흙탕 속에서도 맑고 깨끗한 꽃을 피우기에 속세에 물들지 않는 군자의 꽃으로 표현되지만, 그 진흙이 자양분이 되지 않았다면 깨끗하고 맑은 연꽃은 피어날 수가 없었을 것이다.

부처상이나 스님이 연꽃 대좌에 앉는 풍습을 보면 아마도 속세에 물들지 않는 것을 넘어, 그 진흙탕의 중생에 뿌리를 두고 함께 더불어 대승(大乘)으로 살아가라는 의미는 아니었는지.

연꽃은 자기가 감당할 수 없는 무게의 물을 짊어지지 않는다. 차면 비워내는 놓음, 비움, 버림의 철학을 실천하기에 그가 더욱 아름다운지도 모른다.

자신에게 감당할 수 없는 무게는 스스로 비워내는 연잎처럼, 스스로 놓고 버리고 비우는 일은 쉽기도 하고 어렵기도 하다. 어깨에 짊어지고 있는 삶의 짓누르는 무게를 스스로 비우고 내려놓아야 할 작금이다.

보드가야 마하보디 템플

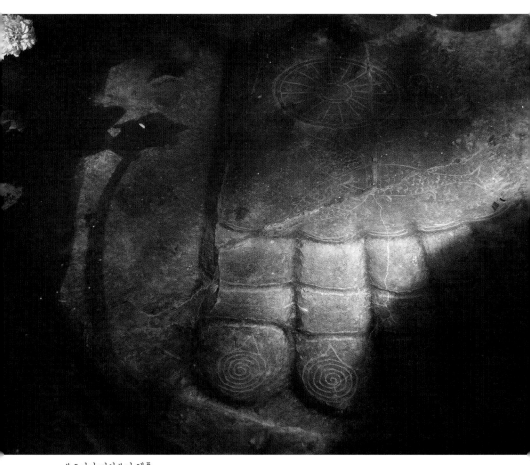

보드가야 마하보디 템플

부처님 오신 날에 그의 족적을 따라가 본다.
나는 얼마큼 그 족적에 가까이 다가갔을까.
발걸음이 무겁다.

정도(正道)의 길이 가진 순수성을 더럽힐 수는 없다.
이젠 헛된 길에서 벗어나고 싶다.
무상(無常)하다는 것, 영원하지 않고 찰나로 사라진다는 것을 안다는 것은
굳이 영원히 내 것으로 잡으려 애를 쓰지 않아도 된다는 것.
찰나로 존재하기에 오히려 미련 없이 놓을 수 있다는 것.

모든 존재성도, 관계성도, 인연법도 그렇기에
결국, 연연해 할 이유가 없는 것이다.
오는 이 막지 않고, 가는 이 잡지 않을 일이다.
부처님의 정각지에서 소리 없는 소리를 듣다.

오디샤 Odisha, 오릿사: Orissa 찰나의 명상

호젓한 해변과 사원 조각의 백미

비싸지 않은 숙박시설과 생선 요리들로 히피 식으로 호젓하고 전원적인 여행을 즐길 수 있는 곳이다. 중세사원들과 고대 원시 불교유적지가 흩어져 있는 부바네스와르, 세계문화유산인 태양신전이 있는 꼬나르끄, 힌두교도들의 성지인 자간나트 만디르로 유명한 뿌리, 아시아 최대 석호인 칠리까 호수에는 홍학과 철새, 조개, 진주 등을 볼 수 있다. 대형철강 회사들이 들어서면서 지역 경기는 좋아졌지만, 조용하고 호젓한 곳에서 휴식을 취하려는 배낭여행객으로서는 달갑지 않다. 주요 도시로는 부네스와르, 뿌리, 꼬나르끄, 칠리까 호수 등이 있다.

부바네스와르(Bhubaneswar) 오릿사의 중세 사원들과 불교 유적지와 자이나교의 석굴 사원. 50여 개의 기묘한 바위 사원들이 남아 있는 현재 오디샤의 주도이며 교통의 요충지이다. 저수지인 빈두 사가르, 중세 사원군, 링가라즈 만디르, 바이딸 만디르, 묵떼스와르 사원, 칸다기리 동굴 등이 가볼 만한 곳이다.

뿌리(Puri) 힌두교의 가장 성스러운 순례지 중 한 곳으로 자간나트 만디르가 있는 곳이며, 히피들이 하시시(hashish, 대마초)를 피우기 위해 해변으로 모여들던 배낭여행객들의 천국으로, 대마초를 물고 뿌리에서만 6개월을 지내기도 하는 히피들도 있다. 뿌리 해변의 작은 어촌마을을 게으른 산책 하며, 생선요리를 시켜보자. 한 번 들어가면 돌아 나오기 싫은 인도 여행지에서 몇 안 되는 고요하고 한적한 곳이다. 자간카트 만디르, 해변과 해변 마을의 골목 등이 가볼 만한 곳이다.

꼬나르끄(Konark) 세계문화유산으로 지정된 태양신 사원으로 유명한 곳이다. 꼬나르끄 해변에 위치한 태양신전은 세계문화유산으로서, 태양신 수리야의 우주 전차로 구상되어 일곱 말이 끄는 24개의 바퀴로 이루어져 있다. 에로틱한 조각들이 카주라호의 미투나(mithuna, 산스끄리뜨어로 '성적 결합'을 의미한다)상과 쌍벽을 이룬다. 새벽 일출 때 가장 빛을 발하는 신전이다. 태양신 사원과 아홉 행성 신전, 고고학 박물관, 짠드라 바가 해변 등이 가볼 만한 곳이다.

칠리까 호수(Chilika Lake) 아시아에서 가장 큰 반염수 석호이다. 라즈한사 모래톱 해변, 사따빠다 마을과 보트 유람으로 돌고래와 새 구경 등이 가볼 만한 곳이다.

부바네스와르 공항

비행기 창문에 흐르는 빗방울도 스스로의 무게로
길이 되어 흐른다.

존재감의 지변에 본질의 질량감은
그렇게 제 길을 스스로 만들며 흘러간다.

짓누르는 삶의 무게가 어쩌면 내 삶의 여정을 흐르게 하는
스스로의 원동력일지도 모른다.

비 오는 날 우산 쓰는 이 사람밖에 없다고 한다.
그렇게 우산을 쓰니 사람이다.

부바네스와르 거리

벨트야!
너는 벨트라는 사실을 한시도 잊어서는 안 된다.

내가 너에게 이리도 강조하여 조언하는 것은
잠시 허리춤에 둘러질 뿐임에도,
바지가 너의 것인 양 붙잡고 놓지 않으려는
애착 많은 벨트를 많이 보았기 때문이다.

붙잡고 있음이 아니라 풀어 놓는 것이
너의 본분임을 잊지 말거라.

뿌리, 로컬 버스를 기다리며

부끄러워하면서도 한 눈으로 훔쳐보던 그녀는
200mm 줌렌즈로 찍는 줄을 전혀 모르다가,
내 눈을 마주치자 황급히 부끄러워하며 눈길을 내린다.

결국, 내가 버스에 탑승하니 그때야 미소를 짓는다.
그도 인연, 우리는 10시간을 버스 안에서 함께 했으니.

굳이 말하지 않아도 눈길만으로도 서로의 마음을 읽는다는 것이
참으로 어렵고도 쉬운 일임에.

한 송이씩 따로 떨어지는 눈꽃도 녹으면 하나의 물이 된다.
녹아서 없어지는 것이 아니라 서로 함께 하는 것이다.

뿌리 해변골목 구멍가게

게으르게, 참으로 무료하게
널브러져 있어도 좋은,

그런 시간의 멈춤을 즐길 수 있는
삶의 여유가 필요하다.

삶에 종종 쉼표를 찍어야 하는 이유이다.

뿌리 해변

파도가 밀려오고 쓸려 들어가도
바다에 흔적을 남기지 않듯이,

바람이 스쳐 지나가도
깃발에 흔적을 남기지 않듯이,

방랑자의 발길도 그렇다.
자유로운 영혼은 한 곳에 머물지 않는다.

하지만 돌아갈 곳이 있다는 것.
방랑자에게도 선택이 아니라 필수이다.

뿌리 해변

고사(枯死).

물속의 물고기는 물속에서도 목마르다고 한다.

물속에서도 목이 말라 죽다.

풍족함 속에서도 목이 마르다.

그 풍족함이 오히려 영혼을 말려서 죽인다.

영성에 대한 갈증은 언제나 목이 마르다.

그것은 영성이 이미 내면에 존재함에도 불구하고

외부에서 채우려 하기 때문이다.

마르지 않는 갈증 해소의 샘물은

이미 우리의 내면에 있다.

코나르크 태양신전

짝사랑하는 남자가 우연히 묶어준 운동화 끈을 풀 수 없어
몇 년을 빨지 않고 간직했다는 누군가의 사랑 얘기를 들으며,
처연하기도 하고 아름답기도 하여 가슴이 아련타.

사랑의 힘이란 그렇다.
그 어느 힘보다도 부드러우면서도 강하기에 거부하기가 어렵다.
그래서 어쩔 수 없이 사랑의 노예가 될 수밖에 없나 보다.

무정물(無情物) 명상이란 무심코 지나칠 수 있는 사물에 마음을 담아,
삶의 아름다움을 돌아보게 하고, 무정물과 대화하는 것.
무정물에도 에너지로서의 영혼은 담겨 있다. 모든 것이 영원하지 않고 변하
기에 매 순간 더욱 아름답고 소중한지도 모른다. 현재란 과거와 미래 사이의
영원으로 가는 틈이라 한다. 자연의 운율은 만물에서 흘러나오옴에.

꼬나르끄 태양신전

최초의 원인을 들여다보면 참으로 하잘 것 없는 것을 가지고
서로의 감정을 해하면서 자기의 아집을 주장한 결과로 치달릴 때가 많다.
서로의 아집과 에고를 조금만 더 내려놓고, 비우고, 버리면 될 일이다.

얻은 사람은 얻은 것의 기쁨을 갖고,
잃은 사람은 잃은 것의 소중함을 얻는다고 했든가.

칠리까 호수

바다 같은 호수에서 나룻배 위에 앉아
무료히 널브러져 있던 고요하고, 한적하고, 아련한 그런 오후.

스며드는 햇살은 직접적인 햇살보다 더욱 따사롭다.
사람 사이에도 그런 인연법이 있다.
숨겨져도 드러나는 것이 있다. 사람의 향기란 그렇다.

당신과 함께 현재의 삶을 살아가는 것만으로도,
어깨동무하며 존재하는 것만으로도 큰 행복이다.
그대를 어루만질 수 없어도,
그대의 존재를 생각할 수만 있어도 내겐 큰 행복이다.

무엇보다도 지금 나에게 귀한 존재는 이 글을 읽고 있는 당신이다.
소리 없이 아침을 여는 안개처럼,
글을 읽고 있는 그대의 어깨 위로 조용히 손길을 얹고 싶다.

마디•야쁘라데쉬 & 찻띠스가르 찰나의 명상

힌두교 사원의 백미

세계문화유산으로 등재된 까마 수뜨라 조각상이 새겨진 사원으로 유명한 카주라호와 광대한 평원이 있다. 호랑이 보호구역이 잘 관리되고 있기에 지프 사파리를 경험하기에 좋은 곳이다. 래프팅을 즐길 수 있는 오르차, 힌두교 최대 축제인 꿈브 멜라가 열리는 웃자인, 무슬림 지역인 보팔, 불교문화의 산실인 산치의 스뚜빠 등 다양한 문화를 즐길 수 있는 곳이다. 주요 도시로는 카주라호, 웃자인, 오르차, 산치, 깐하 국립공원 등이 있다.

카주라호(Khajuraho) 까마 수뜨라(Kama Sūtra) 조각(mithuna)을 아름다운 예술로 승화시켜 새긴 85개의 사원이 세계문화유산에 등재된 작은 시골 마을이다. 미투나(mithuna)는 산스끄리뜨어로 '성적 결합'을 의미한다. 서쪽, 동쪽, 남쪽 사원 군과 마땅게스와라 신전, 고고학 박물관, 그리고 카주라호에서 18km 떨어진 거리에 위치한 라네흐 폭포 등이 가볼 만한 곳이다.

웃자인(Ujjain) 북회귀선이 흐르는 웃자인은 12년마다 6주간 개최되는 종교집회인 꿈브 멜라가 열리는 4곳의 장소 중 하나이다. 마하깔레슈와르 만디르, 고빨 만디르, 하르싯디 만디르, 찐다만 가네쉬 만디르, 람 가뜨, 천문대인 베드 살라깔리아데흐 궁전 등이 가볼 만한 곳이다.

깐하 국립공원 인도 최대의 국립공원으로 80여마리의 호랑이와 표범들의 서식지로서 4WD 지프를 타고 사파리가 가능하다. 자연 산책로에서 호랑이를 만나 볼 수 있다.

카주라호 시골 마을

타는 목마름으로 물고기는 물에서도 목이 마르듯,
고사목도 목이 말라 물속에서 말라 죽는다.

달관과 체념은 온전히 다른 것이다.
달관은 할 수 있음에도 적극적으로 놓아버리는 것이고,
체념은 할 수 없어서 어쩔 수 없이 소극적으로 놓는 것이다.

달관은 즐거움이 따르고, 체념은 고통이 따른다.
달관했을 때만이 지금 여기에 머물 수 있다.

여유로운 미소 하나를 담는다는 것, 달관의 경지에서나 가능한 일이다.

카주라호 사원

석양을 맞고 서 있는 신상이 마치 여인의 곡선미를 표현하고 있는 듯하다.
외부 벽에 조각된 여인의 뒤태는 관능적이라기보다는 오히려 사람답다.

성스런 신전에 어찌 저런 모습들을 조각해 놓았는지 의아해하겠지만,
가장 본능적인 것이 자연스러운 모습이고, 또한 그 모습을 보며 신전에 들어
서면서도 마음의 작용을 일으키지 않는다면 그는 진정한 수행자인 것이다.

음양의 결합은 어쩌면 가장 사람다운 아름다운 몸짓인지도 모른다.

카주라호 시골마을

경청과 훈수!

삭막하고, 어수선하고, 수상한 세상에는 훈수가 필요하다.

하지만 제대로 훈수를 두는 자도,

진정으로 훈수를 받아들이는 자도 사라진 세상이다.

그저 꼼수만이 판을 뒤흔든다.

꼼수는 정석보다 편할 수 없다.

언제 틀어질까 근심하는 마음만이 덤으로 남을 뿐이다.

경청하는 이가 많아지면 훈수는 즐거운 것이다.

그렇게 즐겁게 훈수를 둘 수 있는 따뜻한 경륜의

진정한 어른이 절실히 필요하다.

나이가 들어도 경청할 건 경청한다.

하물며 삶의 경륜이 깊은 촌로도 그러할진대,

귀를 틀어막고 들리지 않는다 하는 이가 참으로 많다.

듣는다고 해서 다 듣는 것이 아니다.

듣고 싶은 경향으로 짐작해서 듣는 것은 객관적인 경청이 아닌

상대적인 관계성의 경청일 뿐이다.

결국, 객관성과는 무관한 각자의 마음작용에 의한

상대적 가치로만 다가오는 잣대로 들을 뿐인 것이다.

카주라호 상공

비행기가 창공으로 비상하기 위해서는
육중한 무게를 지탱할 활주로가 없다면
비행기는 비상할 수가 없다. 또한, 착륙할 수도 없다.
결국, 비상한다는 것은 바닥이 없다면 불가능한 일.
바닥은 비상의 토대가 된다.
삶에서도 역경과 밑바닥의 시절은
비상을 위해 근본을 다지는 기간일 뿐이다.
바닥을 쳤다면 이젠 비상할 일만 남았다.

비행기가 비상하지 않으면 그 정체성을 잃어버리듯,
사람도 역경을 이겨내지 못하면 폐기 처리된다.
바닥 같은 인생도, 비상하는 삶도
제 무게만큼의 가치가 있다.

누구에게나 날 수 있는 날개는 있다.
다만 비상하는 방법을 모를 뿐이다.

그물의 한 코를 당겨도
그물 전체가 움직이는 것과 같이,
인간관계 또한
그 유기체적 관련성으로 연결되어 있다.

나 하나가 흔들리면 모든 우주가 흔들린다.
다른 이가 힘이 들면 나 또한 괴로운 것이다.

고행주의를 행하는 사두(Sadu)들의 마음이리라.

웃자인, 꿈브 멜라

깐하 국립공원

"당신의 밖에는 아무것도 없다. 당신의 내면을 들여다보라.
당신이 원하는 모든 것은 그곳에 있다. 당신이 바로 그것이다."
– Rumi

들판 속에 서서 도로를 바라보면 오히려 도로가 바깥세상이다.
내가 서 있는 이 세상은 어느 세상에 서 있는 것일까.

늘 바깥으로 나돌며 시간을 보내었으니,
이제는 내면으로 침잠해야 할 듯하다.

여행은 가고 오는 것이다. 귀의할 곳이 있어야 여행이다.
돌아올 곳이 없다면 그것은 타향살이다.

인도 방랑 13

구자라뜨 Gujarat 찰나의 명상

자이나교의 땅

긴 해안선을 가진 구자라뜨는 일반적으로 여행객이 거의 스쳐 지나가는 지역이지만, 마하뜨마 간디의 독립운동본부가 있는 아흐메다바드, 대학도시 바도다라(바로다), 소금사막이 펼쳐진 꿋츠가 있다. 직조 기술이 전통적으로 깊어 아름다운 직조물을 구하기에 좋은 곳이다. 자이나교도들은 금욕적이고 경건하고, 채식과 금주법 등으로 일반인들에게 믿음을 준 이유로 오히려 금융업으로 성공해 가장 돈이 많은 주가 되었다. 주요 도시로는 아흐메다바드, 바도다라(바로다), 잠나가르, 리틀 란, 꿋츠, 디우 등이다.

아흐메다바드(Ahmedabad) 사바르마디 강이 흐르는 곳에 아흐메드 샤가 1411년 건설한 대도시로 마하뜨마 간디의 독립운동본부인 사바르마띠 아슈람이 있다. 바드라 요새, 자마 마스지드와 모스크, 하티싱 자이나교 사원, 깐까리아 호수, 사르케즈 로사, 계단식 우물, 깔리꼬 섬유 박물관, 사바르마띠 아슈람 등이 가볼 만하다.

바도다라(Vadodara, 바로다: Baroda) 바로다 대학이 있는 대학도시이다. 바로다 대학교, 바도다라 근교의 세계문화유산으로 지정된 짬빠네르와 빠바가드 등이 가볼 만하다.

잠나가르(Jamnagar) 염색 직물과 아유르베다 대학이 있다. 옛 나와나가르 공국 때에 건설된 신전과 궁전들이 남아 있다.

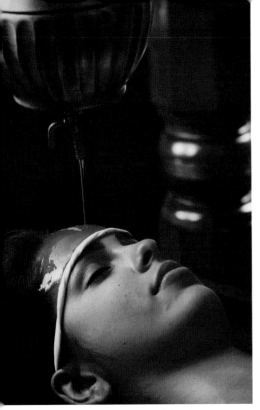

잠나가르 구차라뜨 아유르베다 대학교

아유르베다는 신체에 쌓인 독소를 제거하기 위해
빤짜 까르마(5가지 치료법)을 사용하고 이와 함께
식이요법과 오일 마사지, 약초 증기 목욕 등을 행한다.

빤짜 까르마는 구토로 위 정화(vaman), 설사로 대변 정화(virechan),
오일로 콧구멍 독소 제거(nasya), 관장으로 직장 정화(vasti),
거머리를 이용한 방혈(ratamoksha) 등이 있다.

아유르베다는 스파(spa)나 에스테틱(aesthetic)이 아니다.
전문 의료로서 아유르베다 의사에게 직접 진료를 받고
맞춤처방으로 치료받는 것이 좋다.

바도다라 바로다 대학교

삶에 어떤 괴로움과 상실감이 있더라도 나 자신의 존재보다 더 크거나 능가할 수는 없다. 그러하기에 이겨내지 못할 괴로움과 고통은 내 삶에 나타나지 않는다. 이겨내지 못할 것은 어차피 내 그릇이 아니기에 관여하거나 염두에 둘 이유가 없다.

세상에서 나 자신보다 더 크고 중요한 존재와 의미는 없다.
스스로의 존재로 사는 것이지 다른 그 무엇이 되려고 할 필요는 없다.
스스로의 존재로 산다는 것, 매 순간 그저 바라보고 있음이다.

히말라야 Himalaya 찰나의 명상

신들의 거주지

'눈이 사는 거주지'라는 뜻의 히말라야(Himalaya)는 현지인들에겐 '신들의 거주지'로 여겨진다. 그래서 신의 마음을 닮아가고자 하는 그들의 염원이 담긴 신성한 산일 수밖에 없다. 그렇기에 함부로 인간이 불경스럽게 오르지 않는다 한다. 인도아대륙과 네팔, 부탄, 파키스탄, 중국 티베트 고원 사이에 놓여 있다. 에베레스트 산을 비롯한 14개의 8,000m 봉우리가 모두 이곳에 모여 있어 '세계의 지붕'이라 일컬어지는 곳이다. 히말라야 산맥은 인더스강, 갠지스(강가)강, 브라흐마뿌뜨라강, 창강(양쯔강) 등의 발원지이기도 하다. 인도의 국경과 접하고 있는 네팔의 안나뿌르나와 마차푸차레는 인도에서의 지친 여행을 쉬고 트레킹 코스로 가기에는 안성맞춤이다.

인도에 오랜 살던 나로서는 네팔의 히말라야는 피안의 세계처럼 영혼의 안식처로 시간만 나면 들르던 곳이다. 네팔 산악인들의 눈은 푸르고 깊고 맑은 산을 닮았다. "덕자(德者)는 산을 좋아하고, 지자(智者)는 물을 좋아한다"는 말이 딱 맞는 말인 듯싶다. 산이 거기에 있기에 오른다지만 함부로 오를 일은 아니다. 올라가면 반드시 내려와야만 하는 것 또한 산이다. 그곳에서 여명을 등에 지고 서 있는 나는, 행여 신성을 해할까 염려스러워하며 조심스럽게 기대며 나를 낮춘다.

산이 일렀다. "누가 오라 했나, 누가 가라 했나!"

하늘에서 바라본 히말라야 산 군

'신들이 거주하는 산'이라는 의미의 히말라야이기에
세속적인 인간의 발길을 허락하지 않는다.
그런 히말라야 산 군을 비행기에서 아래로 내려 본다는 것은
신들을 아래로 내려 본다는 것.

프랑스 시인 로트레아몽 백작은 '말도로르의 노래'에서
"인간은 신에게 초인간임을 자처해야 한다"고 하였다.

신이든 인간이든 그 존재성은 동등하다.
다만 인간이 세속적이지 않고 순수할 때만 그렇다는 말이다.
히말라야 상공에서 보니 산도 강도 다 내 발 아래 있다.
눈을 감으면 다 내 눈 아래, 내 마음속에 있게 된다.

우주를 가슴에 담는다는 것은 그리 어려운 일이 아니다.
그저 눈을 감고 마음에 담으면 되는 것이다.

안나푸르나와 마차푸차레

산은 내 것으로 가지거나 붙잡아 놓지 않기에, 계곡도 흐르고 바람도 구름도 쉬어 간다. 나무는 곧고 의연하다. 꽃은 곱고 향기롭다. 잡초는 질긴 생명력으로 살아가고 있다. 호수는 고요함을 담고 있다. 강물은 유유자적하다. 그렇게 자연스럽게 쫓기지 않고, 여여(如如)히 흘러가고 있다. 자연은 서두르는 법이 없다. '스스로 그러하다(自然)'는 것을 체득시키는 일, 산과 숲 속을 느리게 거니는 이유이다.

"사람이 없으면 산이 무슨 의미가 있어"라고 하던 한 산악인의 말이 떠오른
다. 겹겹의 능선을 바라보고 있노라면 그동안 쌓인 업이 얼마나 많은지.
멀리 보이는 산의 정상은 마차푸차레(물고기 꼬리) 정상이다.
물고기 꼬리처럼 종국에는 인생의 정상에 오르면 우리의 삶은 죽음의 꼬리
에(북망산) 와 있게 되는 것이다.

2부
남인도

"인도 배낭여행에서 바라나시, 함삐, 레를 보지 않았다면 다시 인도를 오라는 메시지이다."

뭄바이 Mumbai, 봄베이: Bombay 찰나의 명상

인도의 금융, 유행의 중심 도시

뭄바이(Mumbai, 봄베이: Bombay)는 인도 금융의 중심지, 영화산업과 유행의 진원지이다. 대도시인 뭄바이는 빈민가와 백만장자, 금융, 영화산업, 뉴욕 땅값보다 더 비싼 부동산, 최신 유행 등 상업과 문화의 중심지다. 인도 최고의 경제도시, 영국인들이 동인도 회사로 인도를 식민지화하던 거점도시, 그들이 봄베이(Bombay)라고 불렀던 곳이다. 남인도 여행의 시작점이니 무조건 거쳐 가야 하는 곳으로 뭄바이 최남단의 꼴라바 지역으로 배낭여행자들이 모여든다. 인디아 게이트 맞은편에 위치한 따즈마할 호텔의 투숙객 90%는 외국인이 아닌 내국인인 인도인들이다. 신관보다는 구관이 운치가 있다. 5성급 호텔이니 숙박료가 기본 500$부터 시작이지만 하룻밤 묵어 볼 만한 곳이다. 방안에서 대서양을 바라보는 경관이 그만이다. 지지리도 힘든 히피식 배낭여행의 끝장에 여독을 풀기에는 부담스런 금액이다. 바로 뒷골목에 메인 바자르가 있어 구세군이 운영하는 한 방에 8명이 투숙하는 도미토리도 잘만하다. 식사까지 포함해서 4,500원 정도면 하룻밤을 지낼 수 있다. 극과 극은 그렇게 공존한다.

인디아 게이트, 따즈마할 팰리스 호텔, 웨일즈 왕자 박물관, 차뜨라바띠 시바지 터미너스(빅토리아 터미너스), 마하락슈미 도비 가뜨, 마하락슈미 사원, 성 토마스 대성당, 하지 알리스 모스크, 마린 드라이브(해변도로)와 쪼빠띠 해변, 어촌마을, 말라바르 힐 등이 가볼 만한 곳이다. 근교의 가까운 엘레판타 섬에 페리로 들러 힌두이즘의 문화도 제대로 느껴보자.

인디아 게이트

지네가 수많은 발 모두를 움직여야 움직일 수 있는가.
한 발이라도 움직이지 않으면 안 되는 건가?
사이드미러에 사물이 거울에 보이는 것보다 가까이 있단다.

그리운 그대도 그렇다.

익숙함으로부터, 편안함으로부터 관(觀)한다는 것은
외부 대상으로부터 떨어져 있어야 가능한 일이다.

꼴라바 거리 & 머린 드라이브

인도의 최대 상업도시 뭄바이의 거리에는 다양한 인도인들로 가득 찬다. 어차피 어느 사회나 빈부의 격차는 있지만, 그 갭을 줄이는 것이 관건일 터. 밤이 되면 따즈 마할 호텔의 아름다운 자태가 위용을 드러낸다. 하지만 그 주변에는 삶의 애환도 함께 묻어난다.

인도의 거지들은 전혀 부끄러워하지 않고 손을 내민다.

"Thank you"라는 말 한마디 남기지 않고 돈만 받고 그냥 사라진다.

오히려 내가 그대에게 공덕을 쌓는 원인을 제공했으니 부끄러워하거나 고마워해야 할 이유가 없다는 것이다.

세상에 내 것이라는 것이 어디 있겠는가마는 가진 것을 베푼다는 것, 나눈다는 것은 상대방을 위함이 아니라 나 자신을 위함이 되는 이유이다.

인디아 게이트

반얀 트리(Banyan tree, 뱅골 보리수)는 하나의 나무에서 여러 갈래의 가지
가 위에서 아래로 자라나와 또 다른 뿌리가 되고, 다시 기둥이 되어 자라는
거꾸로 자라는 나무이다. 마치 여러 그루의 나무처럼 보이지만, 하나의 나무
인 남인도의 성수이다. 수백 년이 지나면 하나의 나무가 한 숲을 이룬다.
땅 표면 밖으로 보이는 푸른 나뭇가지 보다, 땅속으로 거꾸로 자라는 나뭇가
지가 뿌리가 되어 더 깊고 아름다워 보인다.
사람도 마찬가지이다. 영성(靈性)의 나무는 '위로, 외부'로가 아니라, '아래
로, 내면'으로 자라야 한다.
거꾸로 자라는 나무처럼 내면에서 꽃을 피워라.
존재의 근원에 꽃을 피워라.

인디아 게이트

그 무엇을 위로 던져도,
아무리 값진 것을 위로 던져도
하늘은 절대 자기 것으로 가지지 않는다.
땅은 그 던져진 것이 떨어지면
하나도 빼놓지 않고 구별 없이, 차별 없이
모두 다 받아들인다.
땅에 무엇을 버려도 땅은 내치지 않고 분별심 없이
그 어느 것도 버리지 않는다.

하늘의 무소유의 마음도, 땅의 포용의 마음도,
우리네 마음먹기에 따라 "가졌다, 받지 않았다" 할 뿐이다.
또한 "옳다, 그르다" 할 뿐이다.

인디아 게이트

소금이 스스로의 본모습이 바다임을 알기 위해서는 바다 깊숙이 더 가까이 다가서면 스스로 녹아 바다임을 알 수 있다. 자기라는 아상(我相)을 버림으로써 스스로의 본모습으로 존재케 된다.

파도가 바다가 되기 위해서는 격앙된 것을 스스로 낮추면 가능하다. 파도와 소금은 사라지는 것이 아니라 바다로 귀의할 뿐이다.

형상(Rupa)과 이름(Nama)으로 불리는 것들은 모두 실체의 속성(Guna)에서 드러난 현상이다.

소금의 본질은 바다이지만, 소금이라는 이름과 형상으로 불리기에 실체인 바다의 현상이다. 하지만 누구도 시장에서 소금을 보고 바다를 달라고는 하지 않는다. 현상적 존재는 현상세계에서 현상적 언어로 소통할 수밖에 없음이다. 누군가가 현상세계에서 실체적 언어로 대화를 한다면 그를 선문답이라 한다.

뭄바이 공항

떠나는 자는 말이 없다 했던가.
지루한 천국과 즐거운 지옥,
결국, 지루한 천국은 지옥일 뿐이다.
담배 한 개비가 위안이 된다.

침묵! 가장 큰 소리.
그렇다고 외면과 방관의 침묵은 아니다.
입은 닫더라도 마음은 열려 있어야 할 터.
내면의 심연에서 들려오는 가장 깊고 큰 소리를 듣기 위해서는
침묵할 수밖에 없다.

진정한 침묵이란 말을 하지 않음이 아니라
모든 마음의 작용이 멈춘 상태(citta vrtti nirodha)이다.

인도 방랑 16

마하라슈뜨라 Maharashtra 찰나의 명상

고대 유적과 현대 문명의 조화

인도에서 두 번째로 인구가 많은 곳으로 아라비아 해변과 높은 산, 수많은 동굴유적이 있고, 현대화된 뿌네, 현인 사이 바바의 출생지인 시르디로 가는 출발지인 나씩, 세계문화유산에 등재된 엘로라와 아잔따 석굴이 있다. 주요 도시로는 엘레판타 섬, 뿌네 & 로나블라, 아우랑가바드, 엘로라, 아잔따 등이다.

엘레판타 섬(Elephanta Island) 인디아 게이트에서 9km 근교에 배로 한 시간 남짓 타고 들어가야 하는 엘레판타(Elephanta Island) 섬에는 세계문화유산인 석굴사원이 있다. 창조, 유지, 파괴를 의미하는 세 개의 머리를 가진 쉬바 상이 있어 유명한 곳이다. 섬 자체가 하나의 힌두 신전이다. 원래는 가라뿌리로 불리던 섬을 포르투갈인들이 해안 근처에 커다란 코끼리 조각상을 보고 엘레판타 섬이라고 불렀다. 새들과 원숭이, 당나귀, 개들이 지천인 곳이지만 재물의 신인 가네샤에게 부를 기원하는 곳일 뿐 그들의 천국은 아니다. 세 얼굴을 가진 6m의 높이의 사다쉬바 상이 볼만하다.

뿌네 & 로나블라(Pune & Lonavla) 뿌네(Pune)는 오쇼 라즈니쉬 덕분에 세계적으로 알려진 곳이지만, 인도의 유럽 도시 같은 최신 도시로서 재계와 학계의 중심 도시로 발전해 있다. 라즈니쉬 아슈람은 1987년 오쇼가 미국 오레곤에서 이민법 위반으로 추방된 후 라즈니쉬 아슈람, 오쇼 코뮨 인터내셔널, 오쇼 명상 리조트로 변화를 거듭한 곳이다. Koregaon Park 숲이 우거진 곳에 자리하고 있다. 명상 사업공동체로 명상 프로그램으로만 온종일을 보낼 수 있는 곳이다. 2002년부터 피라미드 모양의 큰 강당(Auditorium)에서 야간에 흰 로브를 입고 춤 명상을 하기도 하지만, 지금은 수출 구루(export guru)였던 오쇼가 살아 있던 때와는 그 분위기가 사뭇 다르다. 폭파 테러가 있었던 후 정문은 검회색 담으로 둘러쳐졌다. 출입하려면 에이즈 검사가 필수인 것을 보면 오쇼가 섹스 구루(Sex guru)라는 별칭을 얻기도 한 연유를 반추할 만도 하다. 뿌나는 뭄바이의 상업도시와는 달리 교육도시답게 동양의 옥스퍼드라 불리는 뿌나 대학의 교정은 부겐베리아가 흐드러지게 피어있다. 그런데도 뿌나의 추억은 오쇼 아슈람으로부터 시작되는 것을 보면 그 여운은 대단한가 보다. 아이엥가 요가 센터와 택시로 두 시간 거리의 로나블라(Lonavla)에 있는 까이발야담 요가 아슈람도 들러볼 만하다. 꼬레가온 공원에 있는 오쇼 국제 명상 리조트, 라자 딘 까르 깰까르 박물관, 뿌나 대학교, 간디 국립 기념관, 하타 요기인 아이엔가르 요가협회와 로나블라의 까이발리야다마 요가병원과 요가대학, 까를라 & 바자 동굴군 등이 가볼 만한 곳이다.

아우랑가바드(Aurangabad) 아잔따와 엘로라를 가기 위한 근거지인 아우랑가바드(Aurangabad)는 무갈 제국의 마지막 황제인 아우랑제브가 이곳을 수도로 삼으면서 남긴 '가난한 이의 따즈 마할'이라고 불리는 따즈 마할 복제 건축물로 유명한 곳이다. 숙녀의 무덤이라는 비비 까 마꼬바라, 아우랑가바드 동굴군, 곡식을 빻고 물을 끌어 오는 물레방아가 있는 빤짝끼와 근교의 다울라따바드 요새, 이슬람 순례자 마을인 쿨다바드에 있는 아우랑제브의 무덤인 알람기르 다르가 등이 가볼 만한 곳이다.

엘로라(Ellora) 세계문화유산에 등재된 석굴건축양식의 절정인 엘로라(Ellora) 석굴군은 데칸고원에 산재한 암석 조각 건축물 중의 백미로 5000여년(AD 600~1,000년)의 세월 동안 2km나 되는 길이의 암벽에 불교, 힌두교, 자이나교 석굴사원들이 34개나 조성되어 있다. 한 장소에 서로 다른 종교가 함께 공존한다는 것은 종교적 다양성의 인정이 유지되었다는 것을 알 수 있다. 특히 바위산의 정상 위쪽에서 아래쪽 바닥으로 돌을 깎아 들어간 까일라사 사원은 입이 벌어질 정도로 그 규모가 웅장하다. 장인들이 정 하나만을 들고 20만 톤 이상의 바위를 쪼개어 제거하는 작업을 한 것으로 추정된다.

아잔따(Ajanta) 엘로라 석굴군보다 훨씬 이전에 만들어진 아잔따(Ajanta) 불교 석굴군은 바위산의 급경사면을 바깥에서 안으로 돌을 깎아 들어가며 만든 동굴로써 세계문화유산에 등재되어 있다. 특히 석굴의 프레스코벽화들이 백미이다. 1번 석굴의 연화수보살 벽화, 16전 석굴의 죽어가는 공주 순다리 벽화, 사원(짜이띠야)인 19번 석굴의 말발굽 모양의 창문, 최대 규모의 승원(비하라)인 24번 석굴, 26번 석굴의 붓다가 열반에 드는 와불상, 30개의 석굴군을 한눈에 볼 수 있는 강 건너편의 전망대 등이 가볼 만한 곳이다.

엘레판타, 쉬바 석굴 사원

인드라 망(Indra net)은 인도 베다의 신 인드라가 쓰던 무기이다.
그는 번개로 모든 것을 부수고 태워 버렸으며,
그물(net)을 던져 꼼짝 못 하게 싸워 누구도 그를 이기지 못했다.

그물은 한 코만 당겨도 전체의 그물이 움직인다.
손가락 하나에 상처가 나도 온 손이 아프다.
사회란 유기체와 같아 나만 눈을 감고, 귀를 막는다고
모든 것이 고요한 것은 아니다.

인드라망과 같은 세상사에 홀로 독불장군처럼
관여되지 않을 수 있다는 미망한 믿음으로
무시와 불통으로 독단으로 치닫는 이가 있다.

가녀리지만 그 질긴 민초의 생명력을 무시하다가는
결국, 그물에 걸려 곧 물고기 밥이 될 신세가 될 것임을
그녀는 미처 깨닫지 못하고 있다.

엘레판타 섬

비행기가 하늘을 날기 위해서는 활주로가 필요하듯이,
새가 하늘로 비상하기 위해서는 바닥이 필요하다.

우리의 삶도 발돋움할 밑바닥이 있어야 비상이 가능하다.
비록 밑바닥 같은 삶에 뒹굴어도 그 바닥이 있기에 일어설 수 있다.

누구에게나 날 수 있는 날개는 있다.
다만 비상하는 방법을 모를 뿐이다.

오쇼 국제 명상 리조트

"참을 수 없는 존재의 가벼움"

그 깃털과도 같은 가벼움을 자각하고 있는 내 의식의 육중한 무거움에 피에로(Pierrot)의 몸짓으로나마 조금은 덜어 보려 애쓴다. 절대고독은 나 자신을 저 무저갱의 심연 속으로 가라앉히기도 하지만, 내면의 진정한 나와 맞닿게도 한다.
외부 대상과의 대화가 아닌 내면의 소리 나다(Nada)와 양심의 소리(Dimonion)를 절실히 갈구하는 이는 영성과 대면하고 있다.

우주의 중심으로 몰입하고자 하는 아름다운 몸짓이다.

뿌나 대학

뿌나 대학 교정에 여학생이 색 바랜 청바지를 입고 등교를 한다.

색 바랜 삶은 한번은 태웠다는 것이니 후회도 없다.
색 바랜 청바지는 제 몫을 다하고 장렬히 세상을 떠날 수 있을 것이다.

그렇다.
한 번이라도 열정으로 태우지 못한 삶은
살아도 죽은 삶이다.

아우랑가바드, 아우랑제브 황제의 무덤 & 가난한 따즈 마할

늘 부끄럽게 실감하는 일이지만

세상이 정해놓은 그대로의 세상만을 바라보고 있으니,

자신만의 눈으로 세상을 바라볼 줄 아는 능력도 없고,

고민도 생각도 없이 가벼운 단상으로만 점철하고 있으니

참으로 더디게 답보(踏步)만 하고 있다.

비밀정원의 문은 열리지 않는 것이 좋다.

창살을 통해 안을 들여다보는 것이

오히려 상상할 수 있는 설렘이 있기 때문이다.

미지의 그대도 그렇다.

엘로라, 까일라사

까일라사 사원을 꼭대기에서 바라보았다.
마하바라따와 바가바드 기따의 내용이 그대로 표현된
동굴 미술의 백미이다.
신화의 발달은 인간의 상상력을 무한대로 펼치기에 인도인들이
컴퓨터 소프트 웨어 개발에 강한 이유가 된다.

엘로라 석굴은 원래는 하나의 바위산이었는데, 바위산을 위에서 아래로,
밖에서 안으로 정으로 쪼아 뚫고 들어가 수십 개의 석굴로 조성되었다.
뚫고 들어간 신전엔 천장 처마가 바위 그대로이다.
기둥 또한 다른 곳에서 석주를 가져와 만들어진 것이 아니라
그 바위산 그대로를 뚫고 조각한 것이다.
정을 수도 없이 쪼아 세월을 엮던 석공의 마음은 어떠하였을까?

신심과 발심이라는 종교적 열의가 이 돌산 전체를 위에서 아래로
깎아내려 갈 수 있었던 원동력이라니,
불가사의한 인간의 도전들과 인간의 한계는 어디까지일까?

또한, 절대 권력이라는 물리적 힘이 없었더라면
한 개인으로서는 엄두도 못 내었을 일이었으니,
권력의 한계는 또한 어디까지일까?

그래도 무상한 세월 앞에서는 그 힘을 잃는다.

엘로라 석굴군 가는 길

길 위에 서 있을 때, 길을 걸어갈 때,
오히려 길은 언제나 나를 쉬게 한다.

블랙홀인 줄도 모른다.
하지만 그 또한 다른 하나의 길이기에 달려들어 본다.

내게 목적지를 묻는 릭샤왈라에게
요금은 도착하면 그때 주기로 하고,
진정한 나에게 데려다 달라 하였다.

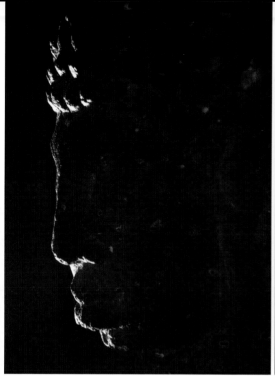
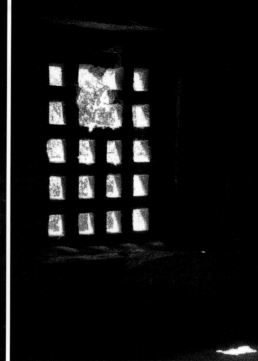

엘로라 석굴

빛 자체가 아름다운 것인가,
아니면 그 주변의 대상들이 아름답기에
그 빛이 아름다운 것인가?

빛을 깨닫게 하는 것이 어둠이듯,
그 어둠이 없었다면 빛을 빛이라고 얘기할 수 없다.

그 어둡던 무명(無明)과 무지(無知)도
나를 깨닫게 했던 빛이었다.

거짓과 진실, 선과 악, 극락과 지옥이라는 것도
그와 마찬가지이다.

엘로라, 까일라사 호텔

그네는 오래 타면 어지럽다.
결국, 스스로 내려와야만 구토가 나지 않는다.
그네는 그만 타고 내려와야 할 숙명의 이름이다.
그네에게 하야(下野)란 필연이다.

그럼에도 불구하고 하야하지 않는다면
자기 이름을 부정하는 것이니,
자기 정체성을 부정하는 일이고,
스스로의 존재를 포기하는 일이다.

결국, 폐기 처리될 수밖에 없음이다.

아잔따 석굴

앞이 보이지 않는 눈먼 이를 한 스님이 친절히 손잡고 인도하신다.

중생구도, 자비, 공덕이란 그리 거창한 것이 아니다.

그저 먼저 손 내밀어 중생의 손을 맞잡아 주면 되는 것이다.

육보시(肉布施)의 표본이며 그가 참된 수행자이다.

구도자란, 스승이란, 진정한 안내자란

스스로 밝은 등불이 되어 중생 앞에서

무명(無明)의 길을 환히 밝혀 주는 이다.

아잔따 석굴

붓다가 바로 곁에 있는데 눈길도 주지 않고, 모른 척 고개 돌리고 다들 어디로 가는가? 눈 막고, 귀 막고, 입 막아 삼업(三業)을 쌓지 않으려 하는 것인가? 답하지 않는 걸 보니 고요한 침묵이 가장 큰소리임을 그대들은 이미 아는가 보다.

길 없는 길에서 길을 묻고, 문 없는 문에서 문을 두드린다.

진리를 보지 못하고 진실을 피하는 이들은 진리가 그들의 내면에 이미 있건만, 그들은 늘 밖으로만, 외부대상에만 집착한다.

지금 바로 여기에서 그대의 내면의 영성을 발견하지 못한다면, 외부대상과 세상은 환영(maya)에 지나지 않는다.

지금 서 있고 움직이는 이곳이
바로 붓다의 세계이거늘….

아잔따 석굴

석굴 입구가 노란 불빛을 받아 황금색 액자가 되었다.
액자에는 액자보다 적거나 같은 크기의 사진이 들어간다.
그런데 황금색 석굴 액자에는 액자보다 더 큰 붓다 상이 들어가 있다.
바위 표면에 먼저 액자를 만들고, 그 바위를 뚫고 액자 안으로 들어가
부처상이 조각된 연유이다.

우리의 마음에도 마음의 창이라는 액자를 뚫고 들어가
드넓고 무한한 우주를 담을 수도 있고, 끝없는 번뇌를 담을 수도 있는 일.
내 마음의 표면에는 무엇을 새길 것인가.

액자 속에 나를 가둬놓고 나를 바라본다. 그렇게 정형화시켜놓고 바라보는
나는 언제나 틀에 박혀 있는 시각으로 세상을 바라보는 건 아닐까.

나를 발견하려는 허튼 몸짓이다.

아잔따 석굴

엄격하고 냉정한 카리스마도 필요하지만
때로는 따뜻한 카리스마도 필요하다.

따뜻한 카리스마!
그것은 누구에게나 Open Hand 할 때 가능하다.

석굴의 천장을 갈비뼈 구조로 만들어 마치 내 육신의 내면에 들어온 듯하다. 기하학적 대칭이 건축미의 정수를 보여 준다. 내면으로 파고든다는 것은 내면의 진정한 아름다움을 드러내는 것이다.

자기 내면에서 울리는 소리가 고갈되면 외면의 목소리는 한낱 공허한 시끄러운 소음에 불과하게 된다. 그의 곁에 가만히 정좌하고 앉아 청아하고 맑은 무음(無音)의 소리를 듣고프다.

인도의 베다 경전에는 이런 말이 있다.

"무음(無音)을 켜는 자, 절대의 소리를 듣는다."

내면에서 울리는 소리 너머의 소리 나다(Nada)에 귀 기울인다. 그 침묵의 소리에 귀 기울인다. 언제나 어디서나 희열로 가득하리라. 무명과 무지의 혼탁한 세월이라 그런지 지혜의 등불인 붓다가 더욱 그립다.

아잔따 석굴

아잔따 석굴, 부처님의 열반상

열반하신 부처님 아래에서 울며 괴로워하고 있는 제자들과
평안한 미소를 짓고 계시는 붓다!
슬퍼서 울며 아우성 칠 일이 아니라,
열반(涅槃)이라는 지고(至高)의 행복에 가셨으니
함께 기뻐해야 할 일이다.
사랑하는 이가 죽으면 자신의 감정에만 북받쳐
울고 있을 일이 아니다.
그렇게 슬퍼하는 나의 모습을 뒤로 하고,
가시는 걸음걸이가 얼마나 무거울 것인가?
편안히 가시도록 웃자. 미소를 지어 주자.
열반당에서 부처님이 편히 누워 쉬시도록….

아잔따 석굴, 연꽃을 들고 있는 보살상 & 흑색공주

미소(微笑), 그저 그러하게 피어오르는 것!

말로 전하지 아니하고, 마음에서 마음으로 전하는

이심전심(以心傳心)의 염화시중(拈華示衆)의 미소.

가장 깊은 생각은 결코 말 속에 있는 것이 아니다.

그저 입꼬리를 흘리다.

가장 아름다운 이는 아마도 언제나 입가에 미소를 머금는 존재이리라.

고아 Goa 찰나의 명상

히피들의 천국

고아(Goa)는 인도인들도 휴양하러 오는 곳이며, 외국인 여행자라면 꼭 배낭을 내려놓고 쉬어가야 할 곳이다. 해변의 부드러운 모래와 고아 현지인들의 친절함 덕분에 한가롭고 평온한 히피들의 천국이다. 고아는 16세기 포르투갈의 영토였던 곳이라 인도라는 느낌보다는 서구의 풍경을 지녔다. 가톨릭 문화와 힌두교, 이슬람교 문화가 잘 조화된 곳이다. 가톨릭 성당과 논과 야자수, 태양과 해변의 모래가 휴식을 제공한다. 그래서 그런지 북인도인들보다도 더 여유롭고 공손하고 부드럽다.

모든 체면과 허상을 벗어 던지고 원시로 자연의 촉감을 맞는다는 것은 자유로운 영혼의 특권이다. 고아에서는 그것이 가능하다. 킹피셔 맥주와 타투(Tattoo)로 히피의 자유를 즐길 수 있는 곳이다. 현지에서 생산되는 와인과 킹피셔 맥주는 그 맛을 더한다. 타투에 관심 있는 여행자는 며칠 머물며 시도해볼 만하다. 자기만의 개성적 표현을 위해 시도해보는 것도 좋으리라. 연중 여름 날씨이기에 성수기는 겨울이고, 킹피셔 맥주와 와인 생산지라 주류 값이 인도 내에서 가장 싼 곳이다. 가톨릭 문화의 비중이 높아 역사적인 대성당을 볼 수 있는 것도 고아 여행의 하나의 매력이다. 히피 여행객들의 휴양지인 고아는 북인도에서의 긴장된 인도배낭여행에 지쳤을 때 파라다이스로 다가오는 여행지다. 고아는 시가 아니라 독립된 주(state)이기에 워낙 넓어서 모터 바이크를 대여해서 움직이면 수많은 해변들을 돌아볼 수 있다. 고아는 북부 고아와 남부 고아 두 지역으로 나뉘는데 파티를 즐기는 히피족이라면 북부 고아에 머물 것을 권한다. 잃어버린 천국이라 할 만큼 한적한 빠뜨넴과 빨로렘 해변은 히피식 배낭족이라면 추천할만하다. 안주나와 아람볼 해변의 자유분방함을 오토바이를 렌트해 다녀보는 것도 고아 여행의 즐거움의 하나이다. 특히 빠뜨넴, 아람볼, 안주나 해변은 아직도 히피들이 선호하는 해변이라 밤의 축제 분위기와 종종 누드해변의 광경을 목격할 수 있는 곳이다. 밤새도록 디스코 밸리나 뱀부 포레스트에서 야외파티가 열린다. 깔랑구떼 해변에는 유명한 타투이스트가 운영하는 모끄샤 스튜디오가 있다.

고아는 크리스마스와 신년 때까지 머무는 것이 가장 화려하고 자유분방한 축제를 즐길 수 있다. 올드 고아의 세 성당에 있는 골든 벨, 봄 지저스 대성당의 성 프란시스 사비에르 유해, 깔랑구떼 & 바가, 안주나 해변의 벼룩시장, 붉은 암석의 절벽과 포르투갈 요새가 있는 바가또르 & 짜뽀라와 만드렘, 베나울림, 빨롤렘 등의 해변과 두드사가르 폭포가 가볼 만한 곳이다.

아람볼 해변

절대고독은 오히려 나를 위로한다. 절대고독 속에서는 고독만이 있기에, 고독은 더 이상 고독으로 느껴지지 않으니 그 시간은 치유의 시간이 된다.

고독을 잃어버린 시간들, 절대고독 속에서 인간은 자신의 내면에 있는 '참나'를 발견하게 된다.
그 무엇인가가 내 안에서 나를 위로하고 있기 때문이다. 그렇지만 나 자신을 사랑하고, 정화하고, 치유하기 위한 고독의 시간이 아니라면, 그것은 외로움이라는 마음의 병이 된다.

익숙한 처음처럼 그리 낯설지 않음은 우리네 모두의 모습이기에 그러한 것일까. 모든 인연법이 그렇다.

안주나 해변

진정한 낚시는 인간을 영성으로 낚아 올리는 일이다. 내면의 영성을 낚는 이가 진정한 스승이다.

자신의 내면의 영혼을 가장 잘 낚을 수 있는 이는 자기 자신이다.

고로 진정한 스승이란 자기 자신이다. 스스로 영성을 낚는 낚시꾼이어야 한다.

너무 무거우면 낚아 올릴 수가 없다. 육체적 지방을 빼는 것보다 마음의 번뇌 무게를 빼는 것이 더 우선적이다.

바다는 절대 누수(漏水) 되지 않는다.

마드가운 기차역

일상의 삶이 힘겹고 지루해질 때는
나를 위로하는 풍경이 있고,
일상에선 보이지 않던 내가 있는 곳으로 떠나는 것이다.
일상으로부터의 탈피, 그것은 바로 여행이다.

일상으로부터의 탈피는 언제 어디에서나 가능하지만
놓고 버리고 비우려는 마음의 여유가 없으면
실행으로 옮길 수가 없다.

여행이란 그런 것이다.
여유를 느끼기 위해 여행을 떠나는 것이 아니라.
또 다른 나를 만나기 위해 여유를 가지고 떠나는 것이다.

먹보, 입이 터지려고 한다.
다른 녀석이 먹을까 봐 발로 잡고서 양보란 없다.
그것이 탐욕이다.

반드시 필요한 만큼만 가져라.
지금 반드시 필요한 것이 아닌데도 불구하고,
그 이외의 더 이상의 것마저 내가 가지려 함이 '탐욕(貪慾)'이다.
내게 반드시 필요한 것을 제외하고 나머지 남는 잉여분을
남에게 나눠주는 것은 소유욕을 버린 '비움과 봉사'이다.
내게 지금 반드시 필요한 것이지만 그것을 나누어
남에게 주는 것은 진정한 '희생'이다.

탐욕 없음이 바로 참된 안식(安息)이다. 살아가며
'탐욕'이 아닌 '안분지족(安分知足)'하며 산다는 것이 쉽지만은 않다.

안주나 해변

고아 빠나지(빤짐)

저리 쓸어 놓으니 흔적이 남을까 봐
발을 뗄 수가 없다.

다가서던 사람의 발걸음을 돌아가게 한다.

오욕으로 물든 마음의 찌꺼기도
저렇게 깨끗이 쓸어내야 하겠지만
너무 순수하고 깨끗한 마음에는
다른 그 누군가가 선뜻 다가가 자리할 수가 없다.

조금은 흐트러지고, 조금은 때 묻은 그런 마음이어도
좋은 이유이다.

해변의 야자수들이 역광으로 인해
더 아름답게 다가온다.

우리네 눈도 언제나 밝게 비친 것만 보려 하지 않는다면,
더 아름다운 것을 볼 수 있을지도 모른다.

어둠의 존재 자체가 빛을 깨닫게 한다.

빨롤렘 해변

빠나지(빤짐)

선인장은 메마른 가시가 나 있지만
피워낸 꽃은 아름답다.
벌들이 먼저 알고 모여든다.

온몸의 수분을 모아 모아서
가녀린 꽃도, 화려한 꽃도 피워내는 그 정성은
다른 꽃들보다도 더 대단하다.

어쩌면 그 삶이 척박하기에,
더 정갈히 아름답게 꽃을 피워내는지도
모르는 일이다.

의자는 누군가가 앉아 주기를 늘 그렇게 제 자리에서 기다리고 있다.
어느 누가 앉아도 피하지도 거부하지도 선별하지도 않는다.
누구에게나 차별하지 않고 자기 몸을 내어주고도 무겁다고, 힘들다고
한 마디 불평이 없다. 분별없는 진정한 포용이란 그런 것이다.

기다림이 운명인 의자처럼
그렇게 기다려야만 하는 속성이 그리움이련가.

가까이 앉아 주려고 다가서니 햇살이 먼저 다가와 자리한다.
그보다 더 가볍고 힘들지 않은 반가운 이는 없을 것이기에
나는 자리를 양보하고 만다.

내 마음의 자리에도 그리운 그대가 사뿐히 즈려 밟고 앉아 주기를,
언제나 그 자리에서 기다리고 있음에….

깔랑구떼 해변

빨롤렘 해변

태풍이 분다.

폭풍의 주변이 휘몰아칠지라도
폭풍의 중심인 눈은 고요하듯이,

주변이 혼돈스럽고 어지럽더라도
내면의 마음만은 고요하기를!

바람이 흔적도 없이 머물다 가다.
인연법에서 그렇게 미련도 애착도
남기지 않기란 쉽지 않다.
지난한 세월이 빠르게도 스쳐 지나간다.

깔랑구떼 해변

누구에게도 경계심을 불러일으키지 않는다면
바로 그가 자연과 일치되어 소통하는 자이다.

서로에 대한 믿음과 포용과 소통이 전제된다면
두려움이란 한낱 경계에 불과하다.

소가 풀도 자라지 않는 해변에 어슬렁거리는 걸 보니
먹이를 찾아온 소는 아니다.

그도 함께 고즈넉이 황혼을 즐기고 싶은 게다.
무소의 뿔처럼 혼자서 가라.

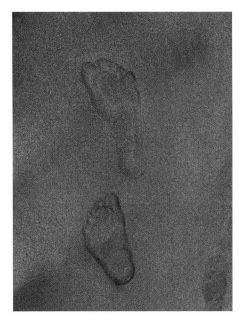
빨롤렘 해변

해변을 걷다 보면 흔적이 따라온다.
비록 곧 썰물에 사라질지라도 찰나의 아름다움으로 남고 싶은 건
그의 소명일지도 모른다.

자기검증원리를 검증하기 위해서 에포케(Epoche, 판단중지)를 하듯이,
걷고 있는 삶의 여정 속에서는 길을 묻지 않는다.
그저 길을 걸어갈 뿐이다.

지나온 발자국은 발자국으로만 남는다.
앞으로 나아가고 있는 지금의 발자국에 온 힘을 쏟자.
그것도 결국은 지나온 발자국으로만 남을 것이지만,
그 발자국에 나의 존재가 온전히 서 있다.

아람볼 해변

그대가 손짓한다면
걸음마다 흔들리더라도 더 예쁘게 한달음에
그림자 즈려 밟고 가련만.

나의 천국은 그대만이다.
겹겹의 뫼도, 깊은 수렁 같은 강도
이 애절한 마음을 막지는 못하리라.

물과 모래에 닿는 발바닥의 느낌을 즐기며
유유자적 걷는 히피 여인의 모습이
아람볼 누드 해변의 어느 누구의 누드보다도 아름다웠다.
소가 그녀를 반기다.

깔랑구떼

여행이란
많이 알고 가면 많은 것을 볼 수 있고,
많이 봐야 많은 것을 느낄 수 있다.

여행은 장소를 옮기는 것이 아니라
생각을 바꾸는 것이다.

사실 자유로운 영혼이라서 여행을 떠나는 것은 아니다.
그저 현실을 모른 척, 눈 질끈 감고 미친 척
떠나는 것일 뿐이다.

여행은 가고 오는 것이다.
귀의할 곳이 있어야 여행이다.
돌아올 곳이 없다면
그것은 여행이 아니라 타향살이다.

늘 그렇지만 떠나면 돌아오고 싶고,
돌아오면 떠나고 싶은….

깔랑구떼 해변거리

삶의 양면성! 그 경계에 앉아서….

누군 멋지게 의자에 앉아 여유롭게 식사를 하고,
누군 길거리 바닥에 앉아 삶의 연장을 위해 구걸하는
생존과 생활의 차이이다.

담벼락 하나 사이를 두고 경계가 나누어진다.
서로를 가로막는 그 담을 허문다 할지라도
그 경계는 사라지지는 않는다.

부처님도 예수님도 해결하지 못한 일이다.

그리운 이를 기다리는 걸까,
그리운 소식을 기다리는 걸까.

비 오는 날 우산 쓰는 이
사람밖에 없다지만,

때론 짐승이 되고픈 그런 날이다.

마날리

깔랑구떼 해변

아무리 흔들려도,
아무리 넘어져도,
아무리 요동쳐도,
아무리 뛰어도,

그 자리에서 떠나지 않고 늘 그러하게 있는
흔들의자와 오뚝이와 해먹(Hammock)과 그네를 보아라.

마음아!

안주나 해변이 개판이다. 벤치 앞에서 소들도 함께 망중한을 즐긴다.

개도 소도 해변에서 일광욕을 즐길 권리가 있다.
누구도 쫓아내지 않는다. 누구도 뭐라 하지 않는다.
해변은 누구의 것도 아니다. 누구나 즐길 권리가 있다.

쇼어 바(Shore bar)에서의
시원한 킹피셔(Kingfisher) 맥주 한잔이 그립다.

성 프란체스코 성당

몬순우기라 우산이 필요한 비 오는 날,
올드 고아의 100년이 넘은 포르투갈 양식의 오래된
성 프란체스코 성당의 빛바랜 벽이 원색의 무지개색 우산을 든
두 연인의 아름다운 배경이 되어준다.

성당 안으로 들어가지 못한 저들은 빛바랜 벽을 마주 보며
무슨 소원을 비는 걸까?

창문마저 벽돌로 막혀 있지만,
그래도 그들은 그 벽을 넘어 소통이 가능한가 보다.

믿음이란 앎과는 사뭇 다름을….

고아 깔랑구떼

사탕수수를 짜서
단물을 내는 기계이다.

나의 쓰디쓴 고통과 시리고 신물 나는
부정적 사념을
몰아 집어넣고 짜내면
단물이 나올까?

느림의 미학.

인도에서는 고작 결승점이 10m밖에 되지 않는 자전거 경주를 한다.
경기 타이틀이 "누가 더 느리게 도착하는가?"였다.
단, 넘어지지 않아야 하고, 발이 땅에 닿지 않아야 하고, 서 있어도 안 되고,
뒤로 가면 안 되는 규칙과 함께.

빨리 가는 것이 승리하는 것이 아니라 중심을 잡고 가는 과정이 더 중요하다. 그러려면 서두르지 말고 천천히 여유를 가져야 한다. 그래야 심사숙고할 수 있고, 그래야 주변을 살펴볼 수도 있고, 즐길 수도 있다. 그것이 느림의 철학이다.

삶은 살아가는 길이기도 하지만 어차피 죽음을 향해 가는 길이기도 하기에 서두를 필요는 없다. 일찍 일어나는 벌레가 먼저 잡혀먹힌다. 처음 자전거의 페달을 밟을 때는 힘이 들지만, 바퀴가 굴러가고 난 후에는 페달을 밟지 않아도 자전거는 힘들이지 않고 저절로 굴러가듯이, 삶에도 탄력이 붙으면 스스로 자연스럽게 힘들이지 않고 흘러간다.

달려야만 넘어지지 않는 자전거처럼 삶도 그렇게 치달려야만 하는 것인가.
내달리는 것도 중요 하겠지만, 느림의 미학으로 한쪽 발을 내려놓고 잠시의 쉬어가는 여유도 필요하다.

빠뜨넴 해변

준비는 언제나 미리 하는 것.
하지만 준비만 하다 마치는 인생도 있다.

준비만 하지 말고 바로 이 순간 여기에서,
바로 지금 여기를 즐기라!

파도가 아무리 거세게 달려들어 봤자
곧 스스로 뒤로 물러날 것이다.

꿋꿋이 내 자리에 머물기만 하면 된다.

두드사가르(Dudhsagar)

두드사가르(Dudhsagar)는 고아에서 함뻬로 가는 길에 만나는 폭포이다.
그 폭포 아래로 열차가 지나간다. 남인도 배낭여행에서 맛보는 장관이다.

숲 속에서는 숲 전체를 볼 수 없다.
아름다운 오로라 안에 들어가 보면 오로라는 없다.
폭포 바로 아래에서는 낙하(落下)하는 장관의 폭포를 볼 수 없다.

멀리서 보아야 잘 보이는 것도 있다. 지그시 바라보아야 제대로 보인다.

인간관계도 그렇다. 서로 적당한 거리에서 지그시 바라보아 줌으로써
상호관계성은 오래 아름답게 유지된다.

까르나따까 Karnataka 찰나의 명상

신들이 지상에서 놀다간 자리

데칸 고원 바로 남부에 위치하기에 천혜의 풍경을 간직하고 있으며, IT산업의 메카인 벵갈루루(방갈로르)는 화려한 궁전과 활기가 넘치는 시장이 있고, 까르나따까의 왕국이었던 마이소르, 비자야나가르 왕국의 고대 건축물로 세계문화유산으로 등재된 남인도 여행의 백미인 함삐 등이 있다. 주요 도시로는 벵갈루루(방갈로르), 마이소르, 함삐, 호스뻬뜨 등이 있다.

벵갈루루(Bengaluru, 방갈로르: Bangalore) 인도 IT산업의 중심지로서 인도 남부를 여행하는 교통의 요충지이다. 대저택과 높은 빌딩, 공원과 가로수길, 그리고 국제공항 등이 있다. 랄바그 식물원, 벵갈루루 궁전, 시각예술 갤러리, 띠뿌 술탄 궁전, 황소 사원, 이스꼰 사원 등이 가볼 만한 곳이다.

마이소르(Mysore) 요가와 아유르베다, 최고급 실크 백단향, 향료 생산의 중심지이다. 특히 아슈땅가 요가 빈야사를 가르치는 빳따비 조이스가 세운 아슈땅가 요가 연구소가 유명하다.

함삐(Hampi) 세계문화유산에 등재된 함삐(Hampi)는 14~16세기 동안 가장 큰 힌두제국이었던 비자야나가르(Vijayanagar)의 수도였기에 신들이 지상에 내려와 바위를 가지고 놀다가 그냥 내버려 두고 떠난 자리 같은 유적들은 감히 상상을 불허한다. 기묘하고 장엄하며 신비로움마저 가지게 되는 초현실적인 유적지로 자연에 대한 경외심과 막강한 권력의 무상함을 느끼게 되는 남인도 여행의 백미이다. 그런 낯설고 이채로운 풍경에 나그네는 세월의 멈춤을 유유자적하게 바라보게 된다. 사라진 옛 제국의 영화와 번영이 폐허 속에 전설이 되어 남아 있는 그곳에 서면 세월의 무상함을 절로 느끼게 된다. 그런 빛바랜 정서가 세계문화유산에 등재된 위대한 유적들 곳곳에 묻어나기도 하지만, 반면에 마법 같은 자연의 경외심이 일어나기도 한다.

인도에서 종교적인 관점을 배제하고 제대로 인도를 느끼기 위한다면, 세 곳을 추천한다. 바라나시, 레, 함삐가 그곳이다. 개인적인 견해로 이 세 곳을 보지 않았다면 '인도를 본 곳이 아니다' 라고 감히 말한다. 그것은 다양성의 인정이 없다면 인도를 제대로 볼 수 없기 때문이다. 그 세 곳을 다 보고 난 후에야 인도를 제대로 이해하고 보았다 할 것이다.

함삐는 인도에서 유학하던 필자가 겨울이면 고아를 거쳐 휴양으로 떠나던 곳이다. 그저 무료함으로 널브러져 있어도 좋은, 정지된 여행자처럼 그 시간의 환상 속에 정지해버린 그런 작고 소박한 마을들. 지평선 너머 기우는 일몰의 황혼의 아름다움을 마땅가 힐에서 바라보지 않은 자는 그 벅찬 아름다움을 알 수가 없다. 함삐 바자르를 거닐고 카페에 앉아 라씨 한 잔을 마시는 즐거움은 그 어느 지역보다도 느릿함의 여유를 즐길 수 있는 곳이다.

히피의 피를 어느 정도라도 가졌다면 헤마꾸따 언덕에 비스듬히 누워 지평선 너머로 지는 붉은 해를 바라보며 맥주 한 잔 들이켜는 멋도 부려볼 만하다.

마땅가 힐(Matanga Hill)에서는 함삐 전체를 360도로 한눈에 바라볼 수 있다. 산 전체가 암석으로 이루어진 바위산이며, 석굴 암자는 수행하기에 안성맞춤이다. 일출이 장관이기에 새벽에 올라가 수리야(Surya)의 기운을 느껴보고, 해가 저물 때면 헤마꾸따(Hemakuta) 언덕의 한 자리를 차지하고 앉아 황혼을 지그시 바라보고 있는 것만으로도 절로 명상에 들게 된다. 뚠가바드라 강에서 쪽배를 타고 가다 보면 함삐의 유적들을 하나 나 자세히 볼 수 있다. 흘러가는 강물에 몸을 맡기면 세월의 무상함이 절실히 느껴지는 곳이다. 새벽이면 코끼리들이 사람들과 함께 목욕하는 모습은 바라나시의 강가와는 다른 느낌으로 다가온다. 강 건너에는 히피들의 아지트가 자리하고 있어 밤마다 축제의 도가니가 되는 곳이다.

호스뻬뜨(Hospet) 함삐와 다른 대도시를 가기 위한 교통의 중심지이다. 함삐의 헤마꾸따 언덕의 황혼, 비루빡샤 사원, 비딸라 사원, 로열 센터의 로터스 마할과 코끼리 우리, 여왕 목욕터, 아네군디의 하누만 사원, 뚠가바드라 강에서의 작은 대바구니 배(꼬데깔) 시승과 코끼리 목욕 등이 가볼만한 곳이다.

벵갈루루 랄바그 식물원

식물원 꽃밭에 앉아서 만물상(萬物相)을 보다.

십자군 전쟁의 방패, 해파리, 나팔, 바람개비, 거북이 등….

눈에 보이거나 마음에 그려지는 사물의 모든 상(像)은 우리의 마음이 그려내는 대로 보는 것이다.

잡초는 잡초대로, 들꽃은 들꽃대로 그 나름의 아름다움이 있는 것이다.

서로 시기하지 않는다. 서로 다투지 않는다. 스스로의 모습으로 제 자리에서 존재할 뿐이다.

꽃들이 꽃비가 되어 흘러내린다. 꽃이 지기로서니 바람을 탓하랴.

마이소르 아슈땅가 요가 연구소

스파이더 릴리라는 백합이 참 맑기도 하다. 요가 연구소 주변에서 피는 것이라 그런지 다들 다리를 스파이더(Spider, 거미)처럼 잘도 벌린다.

금과 금으로 만든 물건들, 거미와 거미로부터 나온 거미줄, 불과 불꽃들, 진흙과 진흙으로 만든 그릇들, 악기와 악기에서 나온 소리들. 그것이 전개된 전변(轉變)이든, 가상적으로 나타나 보이는 것에 불과한 가현(假現)이든, 결국 이름(nāma)과 형태(rūpa)에 불과하기에 근원으로 귀의한 궁극적 실재인 인간은 나타난 다양한 모습인 현상(Maya)에는 얽매이지 않을 것이다.

아상(我相)이란 그런 것. 나는 내 이름과 내 모습의 형태에 얽매여 '참나'인 줄 알고 지내는 시간이 얼마인가?

뚠가바드라 강

피안의 세계로 이미 건너왔는데도 불구하고
굳이 어깨에 메고 들고 가려 한다.
강을 건너 목적지에 도착하면 배에서 내릴 뿐
누구도 그 배를 어깨에 메고 다니지는 않는다.

수행론이란 그렇다. 깨우치고 나면 더 이상 여러 수행법에
얽매이지 않는 법이다.

뚠가바드라 강

고기를 낚으려는가, 사람을 낚으려는가.
아니면 사람의 마음을 낚으려는가.

그는 베드로인가.

마음만큼 좁고, 마음만큼 넓은 것은 없다.
낚는다고 낚일 마음이 아니다.

헤마꾸따 언덕

마지막으로 온몸을 사르는 촛불처럼
저물어가는 아쉬움에 강렬한 빛을 발하며 붉게 물드는 황혼은 아름답다.
황혼에 접어든 여성들이 빨강 옷을 즐겨 입는 이유일까.
시들어 버린 우리네 황혼의 삶도 추하지 않고 아름다울 수 있음이다.

나도 이젠 인생의 황혼에 접어들었나 보다.
일출보다는 붉은 황혼이 더 아름답고 가까이 느껴지니 말이다.
일몰이 일출보다 더 와 닿는 것은 아쉬움과 미련 때문이리라.

황혼이 아름다운 것은
열정으로 온몸을 불태웠기 때문이다.

비록 지금 저물어 가는 삶일지라도 열정으로 산 사람의 삶도 그렇다.
나이가 들수록 황혼의 색이 좋은 이유는
불타던 열정이 사라져 버렸기 때문이런가.

생리적 나이와는 상관없이 열정의 유무에 따라
젊음과 늙음이 구분된다.
열정이 없는 젊음은 이미 늙음에 들어서 있음이다.

황혼이 아름다운 것은
스스로 아래로 내려와 사라질 때를 알기 때문이다.
권력에 중독되어 스스로의 부끄러움을 자각지 못하게 되어
권좌에 연연하는 이는 참으로 추하다.

그렇게 황혼은 저물어 가면서도 아름다웠다.
나이가 들어 한 해가 기울수록 일출의 해맞이가 버거운 것은
아마도 세월의 새로운 무게 때문일지도 모르겠다.

나도 마지막으로 온몸을 사르는 황혼이고 싶다.

헤마꾸따 언덕

그저 그 자리에 서 있는 바위와 인위적으로 세운 석조신전 사이에 머물다. 인위(人爲)와 자연(自然) 사이에 인간은 존재한다. 어느 쪽으로 발길을 옮길 것인가는 온전히 본인의 자유의지에 달려 있다. 그 사이에 있을 때 우리는 번뇌(kleśa)라는 지옥을 경험하는 것이다.

사진으로 빛까지 인위적으로 포획하려는 인간의 무한한 욕망이지만, 인간이든, 빛이든 포획한다고 포획될 수 있겠는가. 빛은 빛대로, 사진은 사진대로, 인간은 인간대로 그저 빛과 함께 여여(如如)히 존재할 뿐이다.

빛은 어둠을 밝히고 어둠은 빛을 감싸 안는다. 어둠이 있기에 빛이 아름답듯, 삶에 있어서 어둠의 시기가 나쁜 것만은 아니다. 새어드는 빛은 없다. 그저 막는 자만이 있을 뿐.

빗딸라 사원 가는 길

안주(安住)는 그리 대단한 것을 반드시 필요로 하지 않는다. 그리 화려하고 넓고 따뜻한 자리도 필요로 하지 않는다. 그저 가벼운 존재 하나 내치지 않고 자신의 가장자리를 그에게 내어 줌만으로도, 그 누군가에게 안주의 자리를 마련해줄 수 있는 것이다.

암벽은 나무의 뿌리가 자신의 가장자리에 앉는 것에 대해 아무런 말이 없다. '내어 준다, 내어주지 않는다'는 분별심도 없이 그저 자신의 모습으로 여여(如如)히 서 있을 뿐이다.

안분지족(安分知足)과 안빈낙도(安貧樂道)의 삶이란 더 많이 소유하고, 더 높은 자리에 오르고, 더 많은 명예를 가지고, 더 많은 존경을 받고 싶은 세상의 흐름에 발 담그고 싶은 마음을 내려놓는 것이다. 진정한 쉼터란 넓고 편안한 곳이 아니라, '마음을 내려놓을 수 있는 곳'이다.

함께 거리

나마스떼(Namaste)!
Namaḥ는 '절(bow), 경배(reverential salutation)'를
te는 '당신에게, 그대에게'를 뜻한다.
좀 더 존경을 표할 때는 나마스까르(Namaskar)라 한다.

'두 손 모아 합장한다'는 의미는 너와 나는 하나이고,
나 자신의 이미지의 반영인 그대의 내면에 존재하는 신성(神性)에,
나를 낮추어 온몸과 마음으로 공경을 표한다는 것.

"그대의 모든 모습을 있는 그대로 받아들이며,
그대의 아프고 여린 모습도 감싸 안겠습니다.

그대는 있는 그대로 존귀한 존재이기 때문입니다.
그대를 나의 영혼의 벗으로 받아들이며,
하나의 마음으로 그대를 존중합니다."

하심(下心)이란 그런 것이다.
나(我)를 위함이 아닌 타(他)를 위한 기원(祈願)이 되도록
두 손 모은다. _()_

선뜻 바람 불어와 그대의 얼굴을 어루만지면
그리움에 사무친 내 손이 스치고 간 줄로 알면 된다오.

하지만 바람이 아무런 흔적을 남기지 않듯이,
그대에게 집착과 미련은 남기지 않으려 한다오.

행여 그대 또한 바람이 되어 내게 불어온다면
나는 온 모공을 열어 놓고 뜬눈으로 지새울 수 있다오.

뚠가바드라 강

나를 내세우지 않고 조화롭게 흘러가면 제자리를 찾는 법이다.
지금 이대로도 괜찮다.

"지금도 괜찮다고 말해줘!"

내가 그들과 다름을 인정하는 것,
내가 그들과 달라도 괜찮음을 알게 되는 것,
현재의 나의 모습에 만족할 줄 아는 것,
지금 이대로도 괜찮다고 인정하는 것!

세상을 사는 하나의 지혜이다.

마땅가 힐

바위 몸에 새긴 사다리.
오르기 위해서는
이런 희생적 상처가 필수적인가?

희생당하고 상처 입는 이는
왜 당하는지도 모르고 말없이 포용하며,
그 자리에 꿈틀대지도 못하고 그대로 있다.
오르려는 이들에게 한없이 짓밟히며….

오르기 위해서 만들어놓은 사다리!
나도 올랐으니 녀석에게 할 말이 없다.

함삐 바자르

기하학의 미학(美學)!
숨 쉬게도, 숨 막히게도 한다.

14~16세기에 인도 역사상 가장 큰 힌두 제국의 하나인 비자야나가르
(Vijayanagar)의 수도였던 함삐(Hampi) 거리의 시장(Bazar)이 이 정도 규
모였다 하니, 가히 그 시대의 권력과 발전상을 가늠케 한다.

세월의 무상함이 묻어나는 정적(靜寂) 속에서 마치 시장 상인들의 역동하는
숨소리가 들리는 듯하다.

정적(靜寂)인 역동성은 우리의 삶 어디에나 묻어 있다.

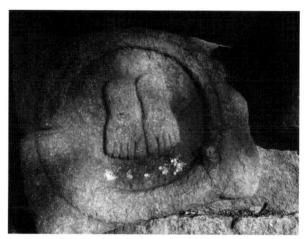

앗시 가프

더럽다고 무시당하고 아래를 향하고 있다고
보잘것없는 것 같지만,

발바닥!
그는 나의 존재를 제대로 서게 하는
반석(磐石)임에,
그런 발바닥 같은 삶이 나를 곧게 세운다.

헤마꾸따 언덕

스콜이 내려 하늘이 내내 구름으로 회색빛이다.
사리를 걸친 여인네가 자연의 배경이랑 잘 어울리는 모습이다.
대상이 아름다운 것은 배경이 아름답기 때문이다.

불완전해서 완전을 더 그리워하듯, 인위적인 인간이기에 자연이 더 아름다
워 보이듯, 무상해서 늘 영원을 지향하듯, 이 순간에 머무는 모든 존재가 비
록 불완전하고 무상한 삶일지라도 살아가고 있는 이유일지도 모른다.

무상하지만 그래서 더욱 아름다운 이 순간, 그 순간에 머무는 모든 그대들이
참 아름답다. 세월의 무상함, 그래도 걸어온 흔적은 아름답기를….

빗딸라 사원 가는 길

"등에 난 혹이 힘겹다"고 한다. 그런데 말 없는 말의 말을 들을 귀가 내겐 없었다. 말 없는 말의 말을 들어주는 이, 그를 자연인(自然人)이라 말하고 싶다.

말꼬리 잡는 이에게는 할 말이 없다. 말도 안 되는 세상이다. 내가 나의 말만을 고집하기 때문이다. 인디언들은 말을 타고 가다 이따금 말에서 내려 자기가 달려온 쪽을 한참 동안 바라보고선 다시 말을 타고 달린다고 한다.

말이 지쳐서 쉬게 하려는 것이 아니고, 자기가 쉬려는 것도 아니며, 혹시 너무 빨리 달려 자기의 영혼이 미쳐 뒤쫓아 오지 못했을까 봐 자기의 영혼이 돌아올 때를 기다리는 것이라고 한다.

영혼을 돌볼 틈을 잃어버린 채 바쁘게 살아가는 우리의 모습을 보며 자기의 영혼이 돌아올 때를 기다리는 인디언의 모습이 그리워진다.

헤마꾸따 언덕

초침이 가는 길.

그 작고 미미한 길이 막히면 다른 모든 길도 멈추어야 한다.

정말 소중하고 귀한 것은 작은 것에서부터 시작한다.

일초(一秒)!

초(秒)가 없이는 분(分)과 시(時)가 움직일 수 없다.

그것이 세상을 이끌고 변화시킨다.

하루살이에게 아무리 내일을 말해본 들

그들이 이해하지 못하듯이,

나 또한 미망해서 한 치 앞을 못 보고 있는지도

모를 일이다.

함삐 골목

매일 아침 문턱에 꽃과 문양을 그리고 놓아두는 풍습은
유독 함삐에서는 화려하다.

정갈하고 향기로운 꽃의 마음으로 하루를 시작하고
집안으로 들어오는 상서로운 기운을 바라서일 것이다.
그런 마음으로 일상을 시작하는 서민들에게는
힘든 고뇌의 삶이지만 하루의 시작만큼은 희망으로 가득 찬다.

시멘트 위에도 꽃을 피울 수 있듯이,

내 척박한 마음에도 영성(靈性)의 꽃을 피울 수 있다.

호스뻬뜨 기차역

구속되어 있기에 지금 여기에 존재한다.
자유롭다면 지금 여기에 부재한다.
스스로 족쇄를 차는 것도 자기 존재성의 확인인지도 모른다.

아름다운 사랑의 구속도, 관계성의 속박도, 업의 굴레도,
스스로를 지금 여기에 존재케 하는 것이다.
그럼에도 불구하고 자유의 증득은 갈구된다.
갈구하고 있는 한은 지금 여기에 있다.
갈구가 멈출 때 진정한 자유로움으로 존재케 된다.

결국, 지금이라는 시간과 여기라는 공간을 초월하지 않는 한
우리는 지금 여기에 존재케 된다.
그러므로 지금 여기에 존재하는 나는
진정 자유로운 나가 아닌 것이다.

안드라 쁘라데쉬 Andhra Pradesh 찰나의 명상

인도 이슬람 문화의 중심지

구자라뜨와 마찬가지로 일반적으로 여행객이 거의 스쳐 지나가는 지역이지만, 기원전 3세기부터 불교의 중심지였던 곳이다. 나가르주나 꼰다에는 고대불상들이 발견되어 안치되어 있다. 마치 슬로우 시티를 연상하게 하는 전통문화와 관습을 지키며 생활하고 있다. 17세기 아우랑제브의 무갈 왕조가 들어섬으로써, 이슬람 유적과 페르시아식 건물 등만 대부분 남아 있다. 주요 도시는 하이데라바드, 세꾼데라바드, 나가르주나꼰다, 띠루말라, 띠루빠티 등이다.

하이데라바드(Hyderabad) 하이데라바드(Hyderabad)는 인도 이슬람 문화의 중심지로서 이슬람 유적과 페르시아 양식의 건물들과 찬팅(chanting)하는 소리가 아름답게 울려 퍼지는 곳이다. 진주의 도시라고도 불리는 하이데라바드는 현대엔 소프트웨어산업 지역으로 발전했다. 짜르미나르와 라드 시장, 쪼우마할라 궁전, 골꼰다 요새, 훗사인 사가르의 불상, 메카 마스지드, 빠이가흐 무덤, 비를라 만디르 & 천문관, 라모지 필름 시티 등이 가볼 만한 곳이다.

하이데라바드 기차역

알라는 보이지 않는 곳에서도 기도하는 나를 알고 계실까?
그건 중요치 않다. 내가 알고 있으면 된다.

신(神)이 "언제나 깨어 있으라"고 해서 의식을 켜놓은 채 잠이 들었다.
그런데 자꾸 내 의식에 암흑이라는 이불이 덮인다.
임을 향한 그리움을 켜놓은 채 잠이 든다.
임이 오시면 곤히 잠든 나를 놓아두고 그냥 가실까 봐.

오늘도 잠 없는 잠(Sleepless sleep),
깨어있는 잠(Awakening sleep)을 자다.

하이데라바드 가는 기차 안에서

볕이 그리운 날!

지평선을 따라가다 보면 목화밭이 펼쳐지는 대지엔
스스로 그러하게 살아가고 있는 존재들을 만난다.
우리는 살아가고도 있지만, 죽어가고도 있다.
죽음이 내 삶의 종지부를 찍는 것이 아니라
매 순간 내가 나를 죽이며 산다.
잘 산다는 것은 잘 죽는다는 것,
잘 죽었다는 것은 잘 살았다는 것!
결국, 내가 나를 잘 죽이는 것이 내가 잘 사는 법이다.
그런데 죽이려는 나는 어디에 있고,
죽을 나는 또 어디에 있는고….

께랄라 ^{Kerala} 찰나의 명상

전원적 해변에서의 게으른 산책과 수로 여행

아라비아 해변에 자리한 께랄라는 인도에서 가장 친절하고 아름다운 사람들이 거주하는 곳이다. 북인도 사람들의 눈빛과 말투와는 전혀 다름을 느끼게 된다. 강, 호수, 운하, 바다가 어우러져 아름다운 해변을 이룬다. 야자수가 양옆으로 드리워진 운하를 타고 정처 없이 흘러가다 보면 유랑시인이 절로 되는 곳이다. 포르투갈 식민시대의 흔적이 남아 있는 꼬치에서 까타깔리라는 전통춤과 전통무술인 격투기 깔라립빠야뜨, 무아지경을 일으키는 의례인 테이얌 등을 경험할 수 있다. 특히 생선요리의 맛은 일품이다. 주요 도시로는 티루바난타뿌람(뜨리반드룸), 꼬발람 & 바르깔라, 꼴람(퀼론) & 알라뿌자(알렙뻬이), 꼬치(코친), 깐누르 등이 있다.

티루바난타뿌람(Thiruvananthapuram, 뜨리반드룸: Trivandrum) 께랄라의 주도인 티루바난타뿌람(Thiruvananthapuram, 뜨리반드룸: Trivandrum)은 꼬발람 해변으로 가는 길목으로, 옛 께랄라의 전통과 붉은 지붕들의 정취를 느낄 수 있는 곳이다. 동물원, 나선형 4층 탑 모양의 인디언 커피 하우스에서의 남인도 커피를 맛보는 여유, 스리 빠드마나바스와미 사원, 뿌네 말리가 궁전 박물관과 근교의 시바난다 요가 베단따 단완따리 아슈람 등이 가볼 만한 곳이다.

꼬발람 & 바르깔라(Kovalam & Varkala) 바위로 된 곶(串)이 있고 등대가 인상적인 꼬발람과 아슬아슬한 절벽 끝에 식당들이 늘어서 있는 바르깔라(Varkala)는 께랄라에서는 배낭여행이 꼭 가봐야 할 아름다운 해변으로 파도가 험하다. 꼬발람(Kovalam) 비치는 고아의 안주나 해변과 함께 히피 여행객의 파라다이스였던 곳이다. 등대에서 바라보는 해변은 장관이다. 생선 요리도 싸고 맛있으며 게스트 하우스도 쾌적하다. 또한 아유르베다 마사지를 싸고 훌륭하게 경험할 수 있는 곳이다. 인도 대륙의 토말 까냐꾸마리를 가기 전에 필히 들러서 휴식을 취하기에는 안성맞춤인 곳이다. 등대 해변과 하와 해변, 언덕의 작은 골목들을 걸어보는 재미도 쏠쏠하다. 해변을 거닐다가 싸고 맛있는 야외 레스토랑에 들어가 신선한 생선요리를 시켜보자. 바르깔라의 자나르다나 사원이 가볼 만한 곳이다.

꼴람(Kollam, 퀼론: Quilon) & 알라뿌자(Alappuzha, 알렙뻬이: Alleppey) 아라비아해의 향료와 양념 무역의 오래된 항구들로서 하우스 보트를 타고 야자나무가 우거진 마을 사이로 흐르는 께랄라의 수로(back water)를 여행하는 두 출발점이다. 꼴람의 전통시장인 묵까다 시장, 수로에 설치된 중국식 어망. 꼴람과 알라뿌자의 수로 중간쯤에 마타 암므리타난다마이 미션 등이 가볼만한 곳이다.

꼬치(Kochi, 코친: Cochin) 무역도시였던 꼬치(Kochi, 코친: Cochin)는 포르투갈식 저택, 네덜란드와 영국식 마을. 이슬람 사원, 유대교 회당. 중국식 어망 등이 어우러진 독특한 문화를 즐기며 편안히 쉬어가기 좋은 곳이다. 특히 전통 까타깔리 댄스와 인도 전통무술인 깔라립빠야뜨를 제대로 관람할 수 있는 곳이다. 코친 요새와 중국식 어망, 성 프란시스 교회, 맛딴체리 궁전, 유대인 거주지 등이 가볼 만한 곳이다.

깐누르(Kannur) 마르코 폴로가 향신료 교역지로 중요시했던 곳으로 직조산업과 사원의 의식 춤인 테이얌이 유명한 곳이며, 아유르베다 빤짜 까르마 전문 교육 센터가 있다. 마스코트 비치 리조트에서 머물며 해외 여러 나라에서 온 수강생들과 아유르베다 오일 마사지를 서로 시술하고 피시술자가 되어 배울 수도 있다. 매일 밤 열리는 테이얌 의식과 께랄라 민속 아카데미, 성 안젤로 요새, 록나트 직조공 조합 등이 가볼 만한 곳이다.

티루바난타뿌람

커피가 많이 보급되니 일회용 컵의 원조인 흙으로 빚어진 짜이(Cai) 잔과
더히(Dahi, 요거트) 잔들이 그 종말을 고하고 있다.

그래도 자신의 의무를 다하고 본성인 흙으로 돌아감이니,
죽음이 아닌 부활을 위한 회귀가 된다.

꼬발람 해변 등대

부동(不動)의 원동자(原動者, Apeiron).

자신은 움직이지 않고 다른 것을 움직이게 하는 힘을 가진 자.
세상을 최초에 움직이게 하는 자.
만물이 거기에서 생성되는 무한 불확정한 것.
그것을 신(神)이라 말한다.

모든 존재자는 제일(第一) 형상(形像)인 부동(不動)의 원동자(原動者)에 도달
하고자 한다. 등대는 모든 배의 부동(不動)의 원동자(原動者)이며 바다의 절
대자이다. 부동의 원동자로 존재하는 등대를 이길 배는 없는가.

내 삶의 등대는 어디에 있는가?
그 등대를 발견하는 것만으로도 내 인생의 항로는 순탄해질 일이다.
삶의 등대가 필요하다.

꼴람에서 알라뿌자 가는 선상에서

꼴람에서 알라뿌자까지 8시간 소요되는 페리 선상에서 바라본 Back Water.
야자수 드리워진 강과 바다가 서로 곁에서 함께 흐르고, 바닷물이 육지로 역
(逆)으로 흘러드는 수로이다.

차이니즈 피싱 네트가 나그네를 반긴다. 선상가옥에서의 크루즈 여행은 이
태백이 되는 유유자적함이 있기도 하지만, 부운(浮雲)하는 인생의 무상함을
곰곰이 곱씹어 본다.

바다는 온갖 것들을 언제나 차별 없이 그대로 받아들인다. 그리고도 차고 넘
치지 않는다. 바다는 비에 젖지 않는다. 또한, 절대 누수(漏水)되지도 않는
다. 여여(如如)함이란 그와 같다. 여행은 내 영혼의 재발견이며, 또한 영혼의
휴식과 재충전이다.

물(水)에게는 경계란 없다.
경계를 자유롭게 넘나드는 것이 걸림 없음이며 자유자재이다.

물(水)은 만물을 그 자신에게 동화시켜
자신의 내면에 받아들여 누구도 차별치 않고 담아두듯이,
텅 빈 충만으로 우주의 에너지를 담는다.
그에게는 그 무엇도 차별 없이 받아들이는
경계가 없음이다.

물(水)에 비친 일출의 모습은 언제나 고요하면서도 역동적이다.
일출을 맞으며 고요히 앉아 명상에 들면
프리즘 현상으로 인해 강물에 반사된 순수한 빛의 에너지를
더 많이 받아들일 수 있다.

물(水)은 그렇게 우주의 에너지를 자신에게 내면화하여
자기 것으로 표면화한다.

포트 꼬치(코친)

어릴 적 나를 자전거 짐칸에 태워 장에 가시던
아버지의 듬직한 등과 큰 손의 따스함에 대한
아련한 회상에 젖는다.

가슴 한편에 바람 한 줄기가 조용히 불어온다.
그 바람 탓에 가슴이 공허함으로 사무쳐 텅 빈 가슴에 머문다.

불효자는 뒤늦은 후회감과 상실감으로 몸서리친다.

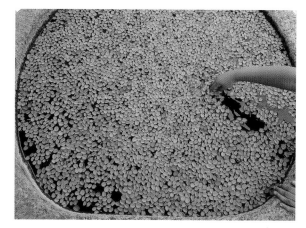

포트 꼬치(꼬친)

아이는 그 고운 손길로 수초 사이로
무슨 길을 내고 있는 것일까.

그렇게 간단히 낼 수 있는 길이라면
나도 내 길을 제대로 내련만.

아이는
그저 하늘을 보여주고 싶었다 한다.

깐누르 해변

그렇게 자유를 갈망하며 실행에 옮겼던
'빠삐용(Papillon)'의 유배된 섬을 보는 듯하다.

진정 자유로워진다는 것!
그것은 '자유'라는 생각 자체가 없는 세상인지도 모를 일이다.
필요를 느낀다는 것은 그것이 없기 때문이다.
없기 때문에 필요로 하는 것이다. 몸에 수분이 없기에 목이 마르듯.

자유를 갈망하는 순간은 자유가 아니다.
자유를 더 이상 갈구하지 않기에 '자유의 나라'인 것이다.
자유의 나라의 사전엔 '자유'라는 단어는 없다.

반야심경에서 말하듯, '색즉시공(色卽是空) 공즉시색(空卽是色)'이다.
없는 것이 있는 것이요, 있는 것이 곧 없는 것이다.
무릇 있는 바의 형상이 모두 허망한 것이니,
만약 모든 형상이 진정한 형상이 아님을 보면 곧 여래를 보는 것이다.

"자유에 대한 갈망마저 그대들을 얽어매는 재갈임을 알 때,
그리고 자유를 마치 최후의 목표이자 성취인 듯 말하는 것을
그칠 때라야만 진정으로 자유로울 수 있기 때문입니다.
이렇듯 그대들의 자유는 그 족쇄를 풀면 더 큰 자유를 위해서
또다시 풀어야 할 족쇄가 됩니다."
– 자유에 대하여, 칼릴 지브란 《예언자》 中에서.

깐누르 강둑

강둑에서 강아지풀들이 군무(群舞)를 춘다.
흔들거려야 서로 터치할 수 있다.
흔들거리며 서로 부딪히고, 서로 손잡으며 성장한다.

일체개고(一切皆苦)!
고통스럽고 아프지 않은 것이 없다.
하지만 아파서 울 수 있다는 것은
아직도 순수한 감성이 남아 있다는 것이고,
진솔(眞率) 되게 살아가고 있다는 표상이니,
아파하는 그대는 흔들거리며 피는 꽃이다.
흔들리는 모든 것은 중심을 잡고 있는 것이다.

바람이 불지 않으면 풍경소리를 들을 수 없듯이,
바람에 흔들리지 않고 피는 꽃이 없듯이,
작은 조각배도 파도가 있어 움직일 수 있듯이,

어둠이 빛을 감싸고 빛이 어둠을 어루만지듯,
그런 날들이기를….

첸나이 Chennai, 마드라스: Madras 찰나의 명상

교통과 비즈니스의 중심지

첸나이(Chennai, 마드라스: Madras)는 인도 남부의 주요 관문으로서 교통과
비즈니스의 중심지이며 따밀나두의 주도이다. 델리, 뭄바이, 꼴까따 다음으로
인도에서 네 번째로 큰 대도시이다. 인도의 대표적 모터바이크인 로열 엔필드
불릿이 여전히 마드라스 모터스에 의해 제작 생산되고 있다.

　에그모르의 정부 박물관, 발루바르 꼬땀, 비베까난다 하우스, 얼음집, 쉬바
까발리슈와르 사원, 라마끄리슈나 뭇뜨 사원, 끄리슈나마짜리야 요가 만디르,
산 토메 성당, 성 조지 요새와 조지 타운 시장, 마드라스 대학과 마리나 해변,
신지학회, 성 토마스 산과 작은 산 등이 가볼 만한 곳이다.

첸나이 거리 광고판

첸나이에는 하나님과 행운의 신, 재물의 신, 사랑의 신, 지혜의 신등
각각의 수많은 신이 사원 지붕을 장식하고 숭배를 받고 있지만,
제겐 사람이 우선입니다.

인도의 아름다운 여인입니다.
보는 것만으로도 탄성이 저절로 흘러나옵니다.

제겐 그대들의 얼굴도 마냥 그러합니다.

따밀나두 Tamil Nadu 찰나의 명상

드라비다 문화와 언어가 지속하는 곳

기원전 1,500년경 아리아인들이 드라비다인을 남인도로 몰아냄으로써 오히려 인도의 전통문화와 종교가 굳건히 지켜지는 곳이다. 그들은 드라비다족임을 자부심을 느끼고 자랑스럽게 여긴다. 그 이유로 아리아인들의 카스트와 힌디어에 반기를 들고 분리 독립하려 하기도 했다. 하지만 현대문명과 옛 문화가 서로 조화를 이루며 공존한다. 3개의 대양이 만나는 인도의 땅끝이 있는 곳이기에 여행의 마지막 종점으로 이곳을 빼고는 인도 여행을 온전히 마쳤다고 할 수 없다. 주요 도시로는 마말라뿌람(마하발리뿌람), 깐치뿌람, 띠루반나말라이, 뿌두체리(폰디체리) & 오로빌, 마두라이, 까냐꾸마리(꼬모린 곶) 등이 있다.

마말라뿌람(Mamallapuram, 마하발리뿌람: Mahabalipuram) 세계문화유산으로 등재된 고고학 유적지로 황혼이 물들 무렵 게으른 산책을 하면 좋은 평화로운 마을이다. 댄스 축제도 즐길 수 있는 곳이다. 해변가에 있는 바닷가 사원, 하나의 바위로 만들어진 5개의 사원, 아르주나의 고행 부조 조각상, 가네쉬 라타와 주변의 끄리슈나 버터 볼, 적갈색 등대가 서 있는 언덕 만다빰 등이 가볼 만한 곳이다.

깐치뿌람(Kanchipuram) 빨라바 왕조의 수도였고, 따밀나두의 뽕갈 축제(Pongal celebration)로 유명한 깐찌뿌람(Kanchipuram)에는 드라비다 양식(dravidian)의 커다란 사원들이 1,000여 개 있다. 그중에 까일라사나타(Kailasanatha) 사원은 하나의 돌덩이를 섬세히 조각하여 쉬바 신에게 바치려 만들어졌다. 왕을 상징하는 돌들이 잘 보존돼 있으며, 큰 규모로 뽕갈 행사가 열린다. 뽕갈은 '끓어 넘치다'라는 뜻이다. 아침밥을 끓어 넘치게 하고 색색의 쌀가루로 집 앞마당에 랑골리(Rangoli)라는 그림을 그리는 추수감사절인 동시에 동지이며 새해를 축하하는 축제다. 비단 생산지이다 보니 품질 좋은 사리로 유명한 곳이다. 까일라사나타(Kailasanatha) 사원, 스리 에깜바라나타르 사원, 까막쉬 암만 사원, 데바라자스와미 사원, 바이꾼따 뻬루말 사원 등이 가볼 만한 곳이다.

띠루반나말라이(Tiruvannamalai) 쉬바 신이 불의 남근상의 형상으로 숭배되고 있는 아루나찰라 산과 신전이 있는 곳으로 보름달이 뜰 때마다 수천 명의 순례자가 산기슭 주위를 돈다. 스리 라마나 마하리쉬의 아슈람이 있어 더욱 유명한 곳이다.
아루나찰라 산, 아루나찰레스와르 사원, 스리 라마나 아슈람 등이 가볼 만한 곳이다.

뿌두체리(Puducherry, 폰디체리: Pondicherry) & 오로빌(Auroville) 유럽의 프로방스 분위기를 간혹 느낄 수 있는 건물들과 해변이 있어 이국적인 분위기의 자유분방한 곳으로, 스리 오로빈도 아슈람으로 유명한 곳이다. 오로빌(Auroville)은 124개국으로부터 기부금을 받아 건설된 곳으로, 스리 오로빈도 아슈람을 오로빈도와 함께 세운 프랑스인 '더 마더'의 뜻에 따라, 서로 다른 인종과 종교를 가진 사람들이 조화롭게 어울려 사는 공동체 마을이다. 뿌두체리의 프랑스 식민지 시절의 유산이 남겨진 프랑스 지구, 스리 오로빈도 아슈람, 파라다이스 해변, 순결한 동정녀 마리아 성당, 식물원과 오로빌의 마뜨리만디르 등이 가볼 만한 곳이다.

마두라이(Madurai) 쉬바 신이 불의 남근상의 형상으로 숭배되고 있는 아루나찰라 산과 신전이 있는 곳으로 보름달이 뜰 때마다 수천 명의 순례자가 산기슭 주위를 돈다. 스리 라마나 마하리쉬의 아슈람이 있어 더욱 유명한 곳이다. 아루나찰라 산, 아루나찰레스와르 사원, 스리 라마나 아슈람 등이 가볼 만한 곳이다.

까냐꾸마리(Kanyakumari, 꼬모린 곶: Cape Comorin) 인도양, 아라비아해, 벵골 만이 만나는 인도의 최남단 토말(土末, 땅끝) 마을이다. 그곳에 서서 맞는 일출은 잊을 수 없는 장관이다. 꾸마리 암만 사원, 간디 기념관, 비베까난다 기념관, 비베까난다 요가 산스탄 등이 가볼 만한 곳이다.

마말라뿌람, 크리슈나의 버터볼

"돌 굴러 유~~!"

백척간두 진일보(百尺竿頭 進一步)라지만 미망한 나는 한 치 앞을 못 보는
중생이다. 인생이란 언제, 무슨 일이 닥칠지도 모르는 일이다.

그래도 선택과 대처할 여지는 남아있다.
여유를 갖고 바라보자.

"태초에 유(有)도 없고 비유(非有)도 없었다. 사(死)도 그때는 없었고 불사(不死)도
없었으며, 밤이나 낮의 표정도 없었다. 제신(諸神)도 이 세계의 창조 후에 태어났다.
그러니 누가 알겠는가?"
– 리그 베다 중에서

한 채의 콜람, 집 앞 대문 마당에 그려진 랑골리(Rangoli)

랑골리(Rangoli)는 지역에 따라 꼴람(Kolam)이라고도 불리며, 쌀가루 또는 색깔 있는 안료를 섞은 석회가루나 모래 등과 꽃잎을 사용하여 집 마당이나 거실의 바닥을 전통 문양과 그림으로 장식하는 기법인 인도 전통 미술이다. 이 장식은 행운을 가져다준다고 믿기에 아침마다 주로 여성이 제작하며 축제 및 결혼식 등 주요 행사에서 제작 과정을 시연하기도 한다.

인도인의 일상은 그렇게 자연스럽게 예술이 된다. 대단한 예술가이거나 특별한 예술적 재능이 필요한 것이 아니라 여염집 집안 여인의 손끝에서 일상의 삶이 예술이 되는 것이다.

띠루반나말라이, 라마나 마하리쉬 아슈람

침묵의 성자 라마나 마하리쉬!

'나는 누구인가(Who am I)?'를
화두로 잡고 붓다의 반열에 오른 현대 최고의 라자 요가의 성자이다.
그의 눈빛에는 영롱한 순수가 깃들어 있다. 그 눈빛만으로도
정화의 명상이 이루어진다.

비트겐스타인과 언어분석 철학자들은 다음과 같이 말한다.

"만약 '물(水)'이라고 말하면 우리 모두가 '아 그것!' 이라고 알아차리듯이, 불확실하고 잡히지 않는 신(God)이라는 개념도 정확히 그것을 지칭할 말만 만들어진다면 우리는 신에 대해서 바로 알 수 있다. 하지만 그 말이 만들어지기 전 까지는 우리는 방편으로 신 또는 절대를 God라고 이름 지어 부를 뿐이다."

"나는 누구인가?" 라고 물었을 때, 이름 지어 '나'라고 지칭하든,

그 다른 무엇으로 지칭하든 그것은 방편으로 이름 지어 부를 뿐이다.
노자가 말하듯 "도를 도라고 말하면 그것은 이미 도가 아닌 것"처럼
'나'라고 지어진 말은 이미 '참된 존재'가 아니기 때문이다.

말(口)이라는 것은 마음(意)의 작용이기에 지성(buddhi)으로
분석, 종합, 판단, 결정할 필요가 없다.

'물은 다만 물이고 산은 다만 산'이듯이
진정한 '나'는 스스로 그러하게(自然) 존재할 뿐임을
있는 그대로, 바로 지금 여기에서 바라보며,
오직 모를 뿐의 마음으로,
단지 할 뿐의 마음으로 존재(being)할 뿐이다.

오로빌

한 그루의 나무에서 가지들이 뻗어 나와 그 가지가 다시 뿌리를 내려 숲을
이루는 반얀 트리. 한 그루의 반얀 나무가 숲 전체를 만들 듯 스스로의 행위
와 습, 그리고 업과 인연법으로 인해 삶 전체는 채워진다.
스스로의 행위를 삼가야 할 이유이다.

바다 위로 드러나 각각의 이름을 가진 섬들도 결국, 그 밑바닥을 보면 육지
와 연결된 하나의 땅일 뿐.

우리의 인연법도 더불어 하나로 이어져 있다. 다만 스스로 '섬'이라 이름 붙
여놓고 떨어져서 외롭다 할 뿐이다.

마두라이 미낙시 템플

코끼리를 쉬바 신의 아들이며 재물의 신인 가네샤 신으로 모시는 인도인들에겐 코끼리가 코로 머리를 쓰다듬어 주는 것 자체가 신의 축복이 된다는 큰의미를 갖는다. 하지만 천진한 아이의 눈에는 무서움의 대상일 뿐이다. 믿음이란 의미와 가치부여에 따라 그 실상이 달라진다.

왕의 권력의 상징이기도 한 코끼리가 좁은 신전에서 돈벌이에 이용되는 것은 엄연히 동물 학대이겠지만 인도인들에겐 숭배의 대상일 뿐이다.

코끼리가 지나가며 흘린 똥은 거의가 건초더미로 이루어져 있다. 그 큰 몸을지탱할 수 있는 힘의 원천은 바로 풀인 것이다. 풀은 작지만 가장 큰 코끼리의 몸을 지탱하게 하는 큰 에너지를 지녔다. 작다고 해서 여리다고 해서 힘이 없는 것이 아니다. 풀이 없는 곳에선 코끼리의 생존이 어렵다.
그 작고 힘이 없어 보이는 풀이 그들의 삶을 좌지우지 한다.
결코, 민초의 힘을 무시할 수 없음이다.

올드델리, 찬드니촉 시장 인근 골목

삶의 무거운 짐을 나르고 있다.
삶의 짓누르는 무거움이 삶의 생존 방식이 되는
어쩌지 못해 사는 삶의 모습이 너무도 많다.
'생활'이 아니라 절박한 '생존'이다.

나 또한 아집과 아상을 쓸데없이 짊어지고 가고 있다.
하지만 삶에 있어서 스스로 감당할 짐 이상은
지워지지 않는다 했던가.

신은 우리에게 견딜 수 있는 만큼의 역경만 안겨준다.
무거운 짐 진 자들아, 다 내게로 오라!
신전으로 향하는 마음은 어쩌면 다 그런 것인지도.

하지만 누구에게나 신성의 신전은
이미 내 마음속에 자리하고 있음에.

까니야꾸마리, 토말(土末, 땅끝)

손바닥으로 하늘을 가릴 수는 없겠지만
섬섬옥수로 태양을 터치할 수는 있다.

그렇게 Open Hand 해야만 가능하다.
웅크리고 닫고 있는 한은 담을 수가 없다.

우리네 마음도 그렇다.

까니야꾸마리, 토말(土末, 땅끝)

인도 대륙의 토말(土末) 까냐꾸마리는
인도양, 아라비아해, 벵골만이 만나는 인도 대륙의 최남단이다.

땅끝이라는 토말(土末)은 여러 의미와 감정을 내포하는 모양이다.
더 이상 갈 곳이 없으니 다시 뒤돌아 갈 수밖에 없음에,
저곳에 서면 무엇을 위해 치달려왔는지
다시금 삶의 뒤안길을 돌아보게 한다.

그곳에 서서 짊어지고 다니던 짐을 내려놓다.
그 누구나 그렇겠지만, 자신의 짊어진 짐이 무거우면,
오히려 살아가는 것이 아니라 살아내야 한다는 것의
참을 수 없는 존재의 가벼움으로 몸부림치게 된다.

가벼운 깃털 하나 되는 날, 일출의 색감이 붉기도 하다.

맺음 말

　렌즈에 어떤 필터를 끼우느냐에 따라 사물의 모습이 달라 보이듯, 각자의 눈에 비치는 사물의 모습은 내가 바라보는 모습과는 다를 터.

　'이것이 진면목이다'라고 보여준들
　결국, 각자의 시각과 마음작용에 따라 바라볼 뿐이다.

　어안렌즈가 세상을 바라보듯, 사물의 진면목을 왜곡(歪曲)되게 바라보지는 않도록 마음의 작용 없이 있는 그대로를 바라보는 시선, 그런 정견(正見)을 길러야 하건만, 나는 인도를 여행하며 어안렌즈를 끼고 바라본 것은 아니었는지, 인도의 여백의 미에 사견의 사족을 달아 행여 훼손한 건 아니었는지 그것을 저어한다.

청학동 명상원에서